Dieter Gerhard

Vom Brief...
... zum Millionär

**Wie man durch Erfolg, Wohlstand
und Ansehen ins Visier
von Kidnappern gelangt.**

Foto Umschlagseite: Gerhard Vohs

Bibliografische Information der Deutschen Nationalbibliothek:

Die Deutsche Nationalbibliothek verzeichnet diese Publikation in der Deutschen Nationalbibliografie; detaillierte bibliografische Daten sind im Internet über http://dnb.dnb.de abrufbar.

© 2014 Name des Autors/Rechteinhabers:
Dieter Gerhard

Illustration: Dieter Gerhard

Herstellung und Verlag: BoD – Books on Demand, Norderstedt

ISBN: 978-3-7357-3682-6

Inhaltsverzeichnis:

Vom Brief zum Millionär

1. Es ist schwer einen geliebten Menschen zu verlieren **7**
2. Aller Anfang ist schwer **17**
3. Warum nicht gleich einen Roman schreiben **26**
4. Verlag oder Self-Publishing **39**
5. Erfolg ist eine Reise und kein Ziel **52**
6. Wie ein Pit-bull stürzte ich mich in die Arbeit **66**
7. Kopf Kino ist das schönste Kino **77**
8. Geld ruft Gefühle wie Stolz hervor **91**

9. Meine Bank, mein Auto,
   mein Haus **101**

10. Kapitel **114**

11. Es war wie eine Überraschungs-
    Adoption **127**

12. Im Keller, feucht und modrig **141**

13. Mit Brille und Buch aufs Klo gehen reicht
    nicht aus, um klugzuscheißen **155**

14. Der Freikauf, eine inoffizielle
    Transaktion **166**

15. Und dann lag ich im Bett
    und bin aufgewacht **180**

VOM BRIEF ZUM MILLIONÄR

1. Das schlimmste ist, einen geliebten Menschen zu verlieren

»Schatzi, schreib mir doch mal ein Brief,« sagte sie.

»Wer ich?«

»Ja oder ist hier sonst noch jemand?«

Ich sah mich um, blickte von einer Ecke in die andere und streifte dabei ihre Augen, die so blau waren wie der Himmel an einem klaren Sommertag. Sie strahlten ein beruhigendes Funkeln aus und streichelten anmutig mein Gesicht. Langsam kam ich ihr näher und unsere Lippen berührten sich sanft. Doch mit sanfter Gewalt stieß sie mich zurück und sprach:

»Du willst nur von meinem Brief ablenken. Wann bekomme ich ihn?«

»Bald.«

»Nicht bald, jetzt! Du sitzt so und so nur rum und starrst Löcher in die Luft.«

Sie bettete ihren Kopf an meiner Schulter und ihr Haar duftete leicht durchsetzt mit dem Parfüm ihres Shampoos. Es war weich und geschmeidig, seidig glanzvoll und voluminös. Behutsam legte ich meinen Arm um sie und sprach:

»Kennst du die Geschichte von dem Faultier und dem Löwen?«

»Nein, wieso?«

»Nun. Zwei Faultiere sitzen auf einem Baum. Kommt ein Löwe vorbei und fragt: Was macht ihr da? Wir sitzen hier herum und starren Löcher in die Luft. Oh das ist gut, das mache ich auch. Ein zweiter Löwe kommt vorbei fragt seinen faul herumsitzenden Artgenossen: was machst du da? Ich mache das gleich wie die beiden da oben, ich sitze herum und starre Löcher in die Luft. Oh das ist fein, antwortete der zweite Löwe, dass mach ich auch. Plötzlich fallen Schüsse, die beiden Löwen fallen Tod um, sagt das eine Faultier: Nur herumsitzen und Löcher in die Luft starren, kannst du nur auf höherer Ebene.«

»Soll das eine Entschuldigung sein,« fragte sie

»Nicht wirklich.«

»Dann bekomme ich also meinen Brief noch?«

»Na klar!«

Oft hatte sie es schon erwähnt, einen Brief von mir bekommen zu wollen, aber warum? Welche Bedeutung hat so ein Brief? Ein Grund ist sicherlich, dass es etwas Besonderes ist, von seinem Schatz einen Brief zu erhalten, mit liebevollen Worten und zärtlichen Sprüchen, doch anderseits gab es keinen Tag, wo ich nicht meine Liebe gestand, sie streichelte und fest an die Hand nahm.

Der Unterschied zwischen dem gesprochenen und dem geschriebenen liegt wohl darin, dass ein geschriebenes Wort nicht verändert werden kann, dass es lange unverändert bestehen bleibt, wie das Papier, auf dem es geschrieben wurde. Ein gesprochenes Wort hingegen, verhallt im Raum und bleibt nur noch im Geiste, in der Erinnerung bestehen. Und wenn man es nicht regelmäßig wiederholen würde, verblasst es irgendwann in der Erinnerung.

Briefe dagegen haben Beständigkeit. Man kann sie aufheben oder sie mit sich herumtragen, sie so oft lesen wie man will und wann immer man will, auch noch nach Jahren. Sie können Gedanken und Gefühle hervorrufen und man kann geistig die Stimme hören, von dem Liebsten der die Zeilen schrieb.

Schreiben kann eine Herausforderung sein, doch sagt ein Blick nicht mehr als tausend Worte? Man kann sofort die Reaktion des anderen beobachten und sich an dem strahlenden Lächeln erfreuen. Ich zumindest konnte das. Selbst im Vorbeigehen flüsterte ich ihr immer wieder die magischen drei Worte ins Ohr, die ihr Herz höher schlagen ließ.

Dann wurde sie krank, schwerkrank. Es wurde Krebs diagnostiziert eine Krankheit, die ihr Leben veränderte. Trotz diverser Therapien konnte ihr nicht wirklich geholfen werden. Meine Aufgabe war es nun, für sie zu sorgen, sie zu beschützen und zu zeigen, dass ich immer für sie da sein werde. Sie war schließlich für mich immer noch die junge Frau, wie ich sie kennengelernt hatte, wie sie mitten im Leben stand, coole Klamotten trug und für jeden Spaß zu haben war.

»Liebst du mich eigentlich noch«, fragtest sie mich eines Tages völlig überraschend.

»Aber natürlich liebe ich dich noch, wie kommst du bloß darauf?« antwortete ich.

Eigentlich hatte ich es ja oft genug gesagt, überhäufte sie sogar mit Liebeserklärungen, weil ich weiß dass sie es gerne hörte und wusstest, dass ich es auch so meinte. Manchmal hatte ich sogar noch eine Liebeserklärung auf eine Stück Papier geschrieben und sie im Schlafzimmer an den Fernseher geklebt, bevor ich morgens zur Arbeit ging, während sie noch schlief.

»Naja«, sprach sie nach geraumer Zeit weiter. »Ich warte immer noch auf meinen Brief.«

»Auf was für ein Brief?«

»Na auf deinen! Du vergisst es immer wieder.«

Ich war Jahre lang Kaufmann gewesen, musste mich stilvoll in schriftlichen Gesprächen mit Firmem und Privatkunden herumschlagen, höflich ohne Floskeln schreiben, positiv und persönlich formulieren, kurze Sätze verfassen, keine unnötigen Wiederholungen und umständliche Formulierungen benutzen. Sparsam mit Konjunktiven, Nebensätzen, Passivformen und Modalverben sein, nicht marktschreierisch wirken, Übertreibungen und Spitzen vermeiden. Meinungsäußerungen, Fragen, Antworten, Bestätigungen, Anekdoten als Vermerk, als Aktennotiz, als Bescheinigung oder als Verweis zitieren. Die Korrespondenz zwischen Absender und Empfänger muss eine gewisse Harmonie enthalten. So hatte ich es ursprünglich mal gelernt. Doch irgendwann ist man sich des Schreibens überdrüssig, der Sache müde sich schriftlich zu irgendeiner Sache zu äußern. So verdrängte ich es immer wieder und ließ es in Vergessenheit geraten.

Dann kam das schlimmste was passieren konnte. Ich verlor den Menschen, den ich am meisten liebte, der mir alles bedeutete, an dem ich gehangen hatte, der sich von mir verabschiedete und mich ganz alleine zurück ließ.

Ich stand unter Schock, bewegte mich wie in Trance, verspürte Schmerz und Verzweiflung. Es hatte mir den Boden unter den Füßen weggerissen, fühlte mich tief verletzt. Die Wunde war groß und tat unendlich weh. Aus heiterem Himmel fing ich immer wieder an zu weinen, denn die Sehnsucht nach ihr war unendlich groß.

Anfangs konnte ich kaum noch schlafen, nicht ruhig sitzen, mich kaum von der Stelle bewegen, fühlte mich erschöpft und antriebslos. Essen schlang ich wahllos in mich hinein, bekam aber keinen Bissen runter. Ich hatte an nichts mehr Freude, werde wohl nie mehr glücklich sein. Ständig fragte ich mich: "Warum? Womit habe ich das verdient?"

Ich beneide andere Männer, die ihre Frauen behalten durften, wende mich von Gesellschaften ab, wo nur Paare zugegen sind. Immer wieder kreisen meine Gedanken darum, dass ich nie mehr gemeinsam mit ihr was erleben kann. Es erscheint mir alles wie ein Film, wie ein böser Traum.

Regelmäßig besuchte ich sie auf dem Friedhof, gehe spazieren und tausche meine Gedanken mir ihr aus. Es ist ein Ort der Besinnlichkeit und Ruhe, wo man zwanglos und unbefangen seine Fantasie, seine Fiktion freien Lauf lassen kann. Wir unterhalten uns, besprechen Dinge und ich lasse mir von ihr imaginäre Ratschläge geben. Dabei spreche ich in einer instinktiven gewohnten Lautstärke, ruhig, gelassen und bedächtig. Immer wieder hatte ich das Gefühl, sie befände sich bei mir, eingehackt in meinem Arm, den Kopf angelehnt. Sie hatte ihre Augen geschlossen und hörte meinem Herzschlag zu. Zärtlich streichele ich ihr über den Rücken und lasse meinen Atem durch ihr Haar streifen.

Wir setzten uns auf eine Bank, beobachteten andere, wie sie die Grabstellen säuberten, von Unkraut befreiten, mit neuen Blumen schmückten und führten unsere ideellen Gespräche weiter.

»Denkst du noch an meinen Brief«, sprachst du auf einmal zu mir.

»He? Wie kommst du denn jetzt darauf?«

»Na du hattest es mir doch versprochen. Denkst du noch daran?«

»Jaaahaaa«, antworte ich forsch und lautstark. Ich ärgerte mich darüber, dass ich es nicht zu Lebzeiten getan hatte, so wie es doch ihr Wunsch war, dass ich es immer und immer wieder hinausgeschoben hatte, es einfach auf die Lange Bank schob. Im selben Augenblick kam eine ältere gekrümmte Frau vorbei. Sie hielt sich mit einer Hand an einem Gehstock fest, hatte in der anderen Hand einen Blumenstraß und fragte:

»Hatten sie was zu mir gesagt?«

»Äh nein …, entschuldigen sie …, ich war nur mit meinen Gedanken ganz woanders.«

»Das macht nichts«, erwähnte die Dame und ging ihren Weg weiter.

Ich schaute ihr noch eine Weile nach und überlegte, wie lange sie wohl mit ihrem Mann verheiratet war und ob sie ihn vermissen tut?

»Wieso hast du nicht gesagt, dass du mit mir gesprochen hast,« unterbrachen mich die Worte meiner Frau in meinen Gedanken.

»Das muss nicht jeder wissen«, entgegnete ich.

»Wieso? Schämst du dich?«

»Warum sollte ich mich schämen?«

»Na, weil du mit Toten sprichst.«

»Wieso du bist doch in meiner Nähe, wenn auch nicht körperlich.«

»Du bist bekloppt.«

»Danke, ich liebe dich auch.«

Selbst jetzt konnte sie es nicht lassen, mich ständig zu necken. Es war schon immer ihre Art spielerisch so zu tun, als wenn wir uns zankten und dabei niemals das Lachen in Vergessenheit geraten zu lassen. Ja, uns verband eine ganze Reihe von Lachfalten.

Die ältere Dame kam wieder zurück. Den Blumenstrauß hatte sie nicht mehr bei sich. Leicht gebückt und kraftvoll an ihrem Krückstock festhaltend, kam sie uns, kam sie mir näher und als sie auf Augenhöhe war, blieb sie stehen erwähnte:

»Es ist nicht schlimm, wenn man mit sich selber redet. Ich rede auch hin und wieder mit meinem verstorbenen Mann, weil ich es einfach brauche. Wünsche ihnen noch einen schönen Tag.«

»Wünsche ich ihnen auch«, raunte ich ihr hinterher.

Sie war bestimmt ihren Mann loyal ergeben, jedenfalls augenscheinlich, hatte nie gelästert über seine Anweisungen, seine Arbeitsweise, seiner Kleidung und auch nicht über seinen Kneipenbummel. Nun scheint auch sie alleine zu sein, genau wie sich.

»Siehst du, die Frau redet auch mit ihrem verstorbenen Mann, weil sie es braucht. Und brauchst du das auch?«, hörte ich die Worte meiner Frau sprechen.

»Ja, es ist schon schön mit dir zu reden, auch wenn du nur imaginär bei mir bist. Es gibt mir das Gefühl, dir nah zu sein; dich imaginär zu fühlen; zu spüren, dass wir immer noch eins sind.«

Ich werde also weiterhin mit meinen Selbstgesprächen zusammenleben, mit den Worten die mir sehr vertraut sind und nicht wiedersprechen; werde meinen Blick weiterhin zurück werfen und Resümee der Vergangenheit ziehen, darüber nachdenken, welche Vorhaben und Ziele wir uns vorgenommen hatten.

2. Aller Anfang ist schwer

Gerade in der heutigen Zeit ist zu beobachten, dass immer weniger Briefe geschrieben werden, aber immer mehr E-Mails und SMS. Es ist offensichtlich ein Entwicklungssprung zwischen Briefe und E-Mails entstanden, dessen Vorteil E-Mail und SMS für sich entschieden haben. Computer und Handys sind inzwischen soweit verbreitet, dass jeder überall zu jeder Zeit erreichbar ist.

Darüber hinaus ist das Handy bereits zu einem Statussymbol geworden, das man ständig bei sich trägt, um einfach mal zwischendurch mit jemanden zu quatschen. Unsere Zeit wird also von Massenmedien, Computernetzwerken und vor allem durch das Telefon bestimmt.

Computer sind heute in ihrer Bauart so klein geworden, dass man sie als Schoßrechner bezeichnet, also als Laptop. Mit ihnen kann man immer und überall durch öffentliche drahtlose Internetzugriffspunkte online sein und somit auf einer Parkbank im Freien seine E-Mails checken oder seinen virtuellen Fantasien nachgehen.

Selbst an Flughäfen und Bahnhöfen sieht man Geschäftsleute, die mit ihren Laptop wichtige Dinge erledigen, wie

Börsennachrichten verfolgen, die Ergebnisse von Pferderennen beobachten oder zwischendurch einfach Mal eine E-Mail an die Geliebte verschicken.

Just in diesem Moment gingen mir wieder die Worte meiner Frau durch den Kopf:

»Schreib mir doch mal einen Brief.«

Oft hatte sie es gesagt, doch nie hatte ich es getan und das Verbittert mich. Ich hatte mich in ihrer Nähe wohlgefühlt, weil ich ihre Liebe und dieses immer wieder von neuen Verliebt sein, gefühlt hatte. Umso mehr bereue ich es jetzt, ihren Wunsch nicht befolgt zu haben. Vielleicht hätte sie mir auch geschrieben, liebe Worte die ich immer wieder hätte lesen können und mir jetzt das Gefühl gegeben hätte, dass sie doch wieder da ist.

»Du hattest doch selber immer gesagt, dass früher deine schriftliche Arbeit eine zentrale Tätigkeit in deinem Job war, dann weiß du doch auch wie man solchen Brief verfasst, oder?«

Ja eigentlich sollte ich es wissen, doch diente meine bisherige Korrespondenz nur dem Unternehmenszweck. Es ist nicht wie der Einkaufszettel, mit dem man im Voraus plant, was man alles einkaufen will. Nein, es soll ein Brief werden, der zu Tränen rührt, der Zuneigung Flügel verleiht und noch nach

Jahren Herzklopfen verursacht. Selbst Blumen können nicht solche Gefühlausdrücke verursachen, wie ein Brief. Sie verblühen meistens schon nach wenigen Tagen.

Das Gefühl stieg plötzlich in mir auf, postum diesen Brief zu schreiben. Der Gedanke allein, versetzte mich schon in eine Freude, die ich nicht beschreiben konnte, die mir aber Kraft, innere Ruhe und Vertrauen schenkte.

Ich ließ meinen Laptop hochfahren, öffnete das Schreibprogramm und wählte eine leere Seite. Dann überlegte ich, welche Komplimente mir Türen zu ihrem Herzen geöffnet hatten, über welche ihrer persönlichen Noten ich mich auslassen konnte, über welche positiven Eigenschaften ich schreiben soll. Ich wusste nicht wie, nicht wie ich sie beschreiben sollte, mit all ihrem glorifizierendem Charme, ihrem bewundernswerten Charisma, der beweglichen Anmut, dem verheißungsvollem Sexappeal und dem unwiderstehlichen Reiz.

Vielleich sollte ich ihr in einem Brief das schlechte Gewissen nehmen, weil sie ständig vor jeder Verabredung das Bad stundenlang blockiert hatte. Doch sie kam jedes Mal so schön wie Venus heraus und für eine solche Schönheit wartete ich gern. Ich spürte ihre Nähe, die mich mit Entspanntheit erfüllte, hörte ihre Stimme, die mit mir herum alberte. Ihr Lachen war gefährlich ansteckend, doch wie gerne hörte ich es, sah das vergnügte Glitzern in ihren Augen, welches noch da war, wenn das Lachen längst zu einem Schmunzeln geworden ist.

Dann fing ich an zu schreiben, schrieb über Gedanken, die mich bewegten; über die Einsamkeit, die mich überschattete; über den Verlust, den ich erlitt. Doch auf einmal fühlte ich mich hilflos, weil ich nicht wusste, ob meine gewählten Worte die richtigen waren. So markierte ich viele Textpassagen mit der Drap und Drop Funktion und löschte sie durch die betätigen der Entf-Taste.

Computer-Tastaturen sind unter anderem die Schreibmaschinen der Zukunft. Während man früher noch auf herkömmlichen mechanischen Schreibmaschinen Briefe verfasste und den Papierkorb von zerknüllten Seiten zum überlaufen brachte, ist heute eine Löschfunktion in jeder Tastatur vorgegeben. Selbst das Zurückholen einer in den Papierkorb verschobenen Datei, muss nicht erst entfaltet und geglättet werden, um sie lesbar zu machen.

Ich fing von neuen an zu schreiben, der Ehrgeiz packte mich. Doch nach kurzer Zeit hörte ich wieder auf, überlegte, ob es richtig sei, auf einen einfachen weißem Bogen zu schreiben und dann noch mit Maschine. Sicherlich nicht, doch ich entschied es erstmal als einen Entwurf gelten zu lassen, den ich dann handschriftlich auf farbigem Papier übertragen werde.

Wieder fing ich an zu schreiben, ließ Gedanken in Worte verwandeln, die mich ihr immer Näher brachten, die Gefühle offenbarten und dafür sorgten, dass ich mein Herz buchstäblich von neunen verschenkte. Es war nicht nur ein Satz oder ein Gruß, wie auf einer Postkarte, nein es war ein Text, ein Text mit viel Einfühlungsvermögen, Erinnerungen und Verlangen.

Kein Telefon, kein Fernseher störte mich. Ich ließ mich einfach von der Retrospektive inspirieren, ließ der Fantasie freien lauf und suhlte in meinen Erinnerungen wie ein kleines Trüffelschwein.

Mit jeder Zeile die ich schrieb, verschwand ich mehr und mehr in Erinnerungen, in Träume, in Bedürfnisse, Wünsche, Gewohnheiten und Eigenarten. Es wurden Erinnerungen an Situationen im Leben wach, die freudig, glücklich und manchmal auch nachdenklich waren, aber niemals negativ empfunden wurden. So gingen wir die Straße entlang, Schritt für Schritt immer ein Stück vorwärts. An der Kreuzung angekommen, nahmen wir uns bei der Hand und überquerten sie gemeinsam mit einen aufmunternden Lächeln, weil wir wussten, dass Wege uns niemals trennen könnten.

Es ist schon ein melancholisches Gefühl das mich bedrückte, wenn ich mich zurück erinnere, an ihre wunderschönen Augen, die jeden Tag von neuem erstrahlten; an ihre Hand, die immer wieder meine Sinne berührte; an das Lächeln, die Gestik, die Stimme und plötzlich hörte ich sie wieder, die Stimme, ihre Stimme die zu mir sprach:

»Was machst du da?«

»Na, ich schreibe einen Brief.«

»Und wie lang soll der noch werden?«

»Wieso«, fragte ich.

»Naja. Hast du schon mal nachgesehen wie viele Seiten du bisher geschrieben hast?«

»Hä?«

»Bei einem Brief ist es wie bei so vielen anderen Dingen im Leben, man kriegt niemals eine zweite Change einen ersten Eindruck zu hinterlassen.«

Ich schaute nach, scrollte den Text herunter und sah, dass ich tatsächlich über fünf DIN-A 4 Seiten geschrieben hatte, ohne Absatz, ohne Seitenumbruch, ohne

Berücksichtigung des Zeilenabstandes, sogar teilweise ohne Satzzeichen, einfach in einem durchgängigen absatzlosen Block.

»So willst du mir doch wohl nicht den Brief geben, oder?«

»Nein, natürlich nicht. Das ist doch nur eine Kladde, so schreibt es sich schneller, einfacher und bequemer.«

»Vergiss nicht, dass er ordentlich und strukturiert auszusehen hat. Der Text muss leicht lesbar sein.«

»Hey, dass ist ein Brief und kein Schulaufsatz, der benotet wird.«

»Wenn er einen dauerhaften Platz unter meiner Lieblingsunterwäsche ergattern will, dann solltest du die Satzzeichen richtig einordnen, ansonsten kann das Geschriebene mitunter eine ganz andere Interpretation erhalten.«

»Och Mensch, jetzt hast du mich total aus dem Konzept gebracht. Eben hatte ich noch so viele schöne Einfälle, die ich zu Papier bringen wollte.«

»Aha krieg ich wieder mal die Schuld?«

»Nein, kriegst du nicht. Ist meine eigene Dummheit, wenn ich mich ablenken lasse. Dabei fallen mir gerade die beiden Nordic

Walker im Park ein, die ich damals gefragt hatte, ob sie ihre Skier vergessen hatten?«

»Ja die haben ganz schön blöd aus der Wäsche geschaut oder hattest du das Ernst gemeint?«

»Nein natürlich nicht.«

»Als ich dir gebeichtet hatte, dass ich kein Höschen anhatte, da hastest du auch gemeint, ich sei vergesslich.«

»Quatsch, war dich nur Spaß. Ich mach jetzt Schluss und werde erstmal drüber schlafen, was ich bisher geschrieben habe. Wenn ich morgen aufwache, dann fällt mir bestimmt ein, was ich noch alles schreiben könnte.«

Ich speicherte die Datei, fuhr den Laptop herunter und stellte ihn in den Schrank. Es war schon spät geworden, langsam wurde es dunkel und im Zuge der Dämmerung sah ich vom Fenster aus, wie sich die Laternen auf der Straße anschalteten und die Fußwege und Fahrbahnen beleuchteten.

Wie jeden Tag zündete ich zwei Kerzen an und stellte sie andächtig neben ihrem Bild. Ein liebgewonnener Brauch, der schon bei mir zur Gewohnheit geworden ist. Schon im klassischen Altertum war es üblich, Lichter aufzustellen, besonders an Grabstellen. Sie sollten die bösen Geister, die im Schutz der

Dunkelheit ihr Unwesen treiben, von den Verstorbenen fernhalten. Licht als Helligkeit nimmt den Menschen die Angst vor der Finsternis und gibt ihm Hoffnung und Optimismus, wie das Erzeugen einer wohlwollenden Schutzmacht.

Nachdem ich mir die fünfte Wiederholung eines Spielfilmes ansah, ging ich anschließend ins Bett und verfiel sogleich auch in einen tiefen abgründigen Schlaf. Ich träumte von meinem Brief, den ich schrieb, von turbulenten Tagen die wir erlebten und von ruhigen Momenten, die wir vor dem Kamin verbachten. Ich träumte davon, wie ich den Brief morgen weiterschreiben würde.

3. Warum nicht gleich einen Roman schreiben

Der nächste Morgen kam, ein Sommertag. Ich stand auf, ging zum Fenster und schaute hinaus. Die Morgendämmerung war bereits erwacht und nur langsam trat die Oberkante der glühenden Sonne dem Horizont entgegen. Wolken waren kaum zu sehen, der Himmel war blau und wie der explosionsartige Prozess eines feuerspeienden Vulkans, formte sich der Streifen zu einem riesigen Feuerball.

»Ist er nicht schön, der Sonnenaufgang?« hörte ich die Stimme meiner Frau in meinen Gedanken verlauten.

»Ja«, antwortete ich.

»Ein gewaltiges Naturerlebnis mit wunderschönen Farbtönen und irgendwie verbindet man es immer wieder mit erholsamem Strandurlaub, bei dem man den Sonnenuntergang am Meer beobachtet.«

»Findest du? Zuhause kann man sowas auch erleben. Man muss sich nur die Zeit nehmen, mit einem Glas Wein auf dem Balkon stehen und das Farbspektakel beobachten.«

»Alleine?«

»Zu Zweit genießen ist natürlich gleich noch einmal so schön, am besten mit dir. Aber für mich warst du immer die Sonne und immer wo du warst, ging sie für mich auf.«

Eigentlich geht die Sonne gar nicht auf. Es ist nur die Folge der Erdrotation, die sich der Sonne entgegen dreht, genauso wie das scheinbare verschwinden der Sonne am Horizont. Ähnlich einem Brummkreisel, den man mit dem Metallstab "aufgepumpt" hatte und der sich dann eiernd bewegte.

Ich ging ins Badezimmer und pfiff fröhlich ein Liedchen vor mir hin. Eigentlich ja nicht der richtige Ort um fröhlich zu sein, doch wenn man bedenkt, dass wer weiß wie viele Leute das Night fever von den Bee Gees oder Regentropfen, die an mein Fenster klopfen von Margot Eskens unter der Dusche singen, dann kann ruhigen Gewissens auch mal gepfiffen werden. Die meisten Leute sind der Meinung, sie können singen, bis sie den Mund aufmachen. Danach wird dessen Äußerung anders klassifiziert.

Mit meinem Zahnpasta verschmierten Mund, schnitt ich Grimassen im Takt der rubbelnden Bürste; gurgelte sogar eine Melodie, die ich spontan aus drei verschiedenen Liedern zusammensetzte, ließ den Rasierer im Rhythmus der Melodie über Wange und Kinn kreisen. Mit einem Kamm versuchte ich meine Kopfhaare zu einer außergewöhnlich Skulptur zu formen, doch dafür waren nicht genügend da. Mein Verstand schien in der letzten Zeit zu wachsen, wofür mein Haupthaar weichen musste. Das machte mich zwar nicht attraktiver, aber ich musste trotzdem über mich lachen, als ich im Spiegel wie die Comicfigur Moritz von Willem Busch aussah. Und so begann mein Tag doch recht heiter.

Nachdem ich ausgiebig gefrühstückt hatte, wollte ich an meinen Brief weiter arbeiten. Im Gegensatz zum sprechen, ist das Schreiben ein Vorgang, der nur eine Person betrifft, beim Reden benötigt man in der Regel mindestens zwei. Wenn zwei miteinander sprechen, das heißt der eine redet, der andere zuhört, kann man unmittelbar darauf reagieren. Wie zum Beispiel, wenn einer redet, kann der andere mit dem Kopf schütteln oder nicken, wiedersprechen oder zustimmen, verzweifelt blicken, fragend oder gar zustimmend schauen.

Beim Schreiben ist man auf sich selber abgestellt. Nur Gespräche mit sich selber, die durch Gedanken geleitet werden, können gezielt Einfluss auf das Geschriebene nehmen. Dadurch ergeben sich die meisten Ideen und Inhalte ganz automatisch und so kann man schreiben, was einem gefällt.

Mann kann sich in Selbstgesprächen zurückerinnern an die Zeit wo man sich kennenlernte und welche Gefühle ausgelöst wurden; wie man bei den Freunden vorgeschwärmt hatte, als man von der ersten Verabredung erzählt hatte. Anerkennungen aussprechen, für die Unterstützung, die Aufmerksamkeiten, für die vielen kleinen und großen Dinge des alltäglichen Lebens bedanken.

Ich war schon wieder so im Fieber, das ich mich ständig vertippte. Immer wieder entstand ein wirres Gemisch aus einzelnen Wörtern, die mit einer roten Wellenlinie unterstrichen wurde und erst mal korrigiert werden musste. Dabei bediente ich mich anfangs dem Adler Suchsystem, das Kreisen mit den Zeigefingern beim suchen einer Taste und dem anschließenden zustoßen. Schon nach kurzer Zeit konnte ich die Mittelfinger hinzunehmen und wurde dadurch immer schneller. Es entstanden fließende, logisch nachvollziehbare Texte, die mir immer wieder einen Knoten in den Fingern und im Kopf bescherten. Im Gegensatz zu früher, wo ich so langsamer gedacht habe, das ein Finger ausreichte um die entsprechende Taste zu finden, denke ich heute wahrscheinlich schneller, als ich schreibe, was mir immer öfters unmögliche Sätze einbrachte.

»Dein Denkprozess kommt mit der Schreibgeschwindigkeit nicht klar«, hörte ich widersprüchlich die Stimme in meinem Kopf.

»Wenn ich meinen Denkprozess nicht drosseln kann, dann muss ich mein Schreibtempo eben steigern.«

»Sei doch froh! Umgekehrt brauchtest du irgendwann gar nicht mehr zu denken, weil deine Finger alles von alleine machen!«

»Ha, ha, ha, sehr witzig.«

Ich legte eine Pause ein, ging ich die Küche ich kochte mir einen Kaffee. Dabei überlegte ich, was ich schon alles geschrieben hatte und ob es ratsam ist, einen so langen Brief zu verfassen. Gestern hatte ich bereits über fünf Seiten geschrieben, heute zusätzlich nochmals drei, ergibt ja schon fast eine Kurgeschichte. Ja und dann muss ich die vielen DIN A4 Seiten noch alle mit der Hand abschreiben.

»Puh«, pustete ich vor mir hin.

»Schon die Lust verloren,« stimulierte mich der Gedanke.

»Das ist ganz schön viel und wenn man überlegt, dass man mit der Maschine fünfmal so schnell ist als mit der Hand. Ich glaub ich muss einige Passagen wieder rauslöschen, sonst wird der Brief zu unübersichtlich. «

»Warum schreibst du nicht gleich einen Roman?«

»Einen Roman? Da muss ich ja noch hundert Seiten schreiben.«

»Es muss ja nicht gleich ein dicker Wälzer sein, so ein kleiner Taschenroman reicht doch schon aus.«

Ich überlegte und fand die Idee gar nicht mal so schlecht. Immerhin hatte ich noch viele Dinge im Kopf, die ich zu Papier bringen wollte, romantische Gefühle die uns erfüllten. Die kleinen Gesten, die unsere Liebe so besonders machte. Das Strahlen der Augen, mal warmherzig, mal fröhlich und ausgelassen; das sanfte Lächeln, welches die Lippen umspielte; die Momente, in den sich unsere Blicke trafen und in stiller Übereinkunft unserer Gedanken sich vereinten und die Berührungen, die Nähe vermittelte. Sie konnten tröstend wirken, doch manchmal unterstrichen sie auch Neckereien. Dann unser gemeinsames Lachen, wenn sich unsere Ideen wieder einmal zu verrückten Spinnereien entwickelten. Es war die unbezwungene Albernheit, die wir teilten; die Ironie der Worte, die wir mit dem Wissen nutzten, dass der andere sie versteht und sogar noch beantwortet.

»Du hast recht, warum nicht gleich einen Roman schreiben. Das Grundprinzip ist da, jetzt muss ich es nur umwandelt, gewisse Handlungsphasen einfügen, damit es sich wie eine geschichtliche Darstellung ließt.«

»Du willst tatsächlich ein Buch schreiben,« hörte ich das Gesäusel in meinem Ohr.

»Ja ich habe mich eben gerade dazu entschlossen. Du wolltest doch immer einen Brief von mir haben, jetzt bekommst du sogar ein ganzes Buch.«

»Wow …, und was willst du alles schreiben?«

»Na, in erster Linie eine Art Biographie über uns, abgeändert zu einer Liebesgeschichte. Wie du in mein Leben getreten bist, vorsichtig und unaufdringlich; wie unser Kontakt zwar zögernd zustande kam, wir uns aber auf Anhieb verstanden. Wie wir und immer öfters die Nächte um die Ohren geschlagen haben. Wie wir uns schrieben und Dinge erzählten, wichtige, unwichtige, lustige und ernste. Immer fester wurde die Bindung zwischen uns und immer grösser das Vertrauen, das unsere Herzen verband. Ich will über dein Lächeln schreiben, das in den dunkelsten Momenten die Sonne in mein Herz zauberte; über dein Blick, der mir zeigte, dass ich gemocht wurde; über die Geste, die willkommen und Vertrautheit ausdrückte. Ich werde über die Hand auf meiner Schulter berichten, die zeigt, dass ich nie alleine war; über deine gesprochene Worte, die liebevoll und ehrlich waren; über unser gemeinsames Schweigen, weil wir wussten, dass gerade in diesem Moment Worte überflüssig waren; über die Umarmungen, die mir sagten: Ich bin immer für dich da; über dein schmunzeln, das Freude ausdrückte und über die Leere, die ich spürte, wenn du mal nicht da warst.«

»Wow«, hörte ich nur.

»Wow,« meinte auch ich, als mir bewusst wurde, was ich da gerade so beiläufig alles aufgezählt hatte.

Dabei war ich mit meinem Dialog noch lange nicht fertig. Die außergewöhnlichen Aufmerksamkeiten dürften nicht unerwähnt bleiben, die ein ganz besonderes Leuchten in deinen Augen erkennbar machten. Ja, der Strandkorb, der mitten auf einer Lichtung im Wald stand, das Dinner auf dem Parkplatz vor deiner Firma, die Flaschenpost mit einer imposanten Liebeserklärung, das Lounge-Bett mit Blick in den Himmel, Frühstück in einem typischen türkischen Dorf mitten in der Pampa, Mittagessen in klerikalen Häusern und Abendessen in vorsintflutlichen Steinzeithöhlen, Jet Ski in einer ausgedienten Badeanstalt, Besuch eines

Schamane mit heilenden Kräften und, und, und.

»Da hast du dir aber viel vorgenommen.«

»Ja, das stimmt. Aber es ist auch schön noch mal zu spüren wie es damals war, alles nochmals Revue passieren zu lassen. Es ist, als wenn ich alles noch mal erleben darf, mit dir erleben darf und das macht mich wiederum glücklich.«

»Vielleicht solltest du dann auch über den Unfug erzählen, den du immer wieder verzapft hattest. Weiß du noch den Geburtstag bei meiner Mutter, wo du ihre frischgebackenen Kekse immer wieder in den Kaffee stipptest, weil du der Meinung warst, sie wären alt.«

»Naja, die waren doch alt. Das staubte so beim Sprechen.«

»Ja, aber dann muss du nicht noch ihren alten Portwein mit klebriger Tinte vergleichen.«

»Ich mach mir eben nichts aus dem süßen Zeug, den sie mir unbedingt aufdrängeln musste.«

»Und wie sahst du nur aus, mit deinen bis zum Hosenbund aufgeknöpftem Hemd.«

»Mir war warm in der Bude. Deine Mutter heizte ja ein, als wenn wir uns in einer finnische Saune befanden.«

»Das war aber kein Grund, die Socken auch noch auszuziehen und die Füße auf den Tisch zu legen.«

»Das hab ich gemacht,« fragte ich.

»Und wie war es bei dem Geburtstag deines Freundes, wo du seinen Vater fragtest, ob er den Wodka selbst in der Garage gebraut hatte.«

»Naja so schmeckte er eben.«

»Und wie war es, als ich dich nach Hause fahren musste, weil du so betrunken warst. Bei geöffnetem Sonnendach standst du auf dem Sitz und hast dich mit offenen Armen wie Leonardo DiCaprio auf dem Bug eines Luxusdampfers gefühlt.«

»Das haben wir doch schon als Kinder gemacht, wenn uns der Nachbar mit seinem VW Samba mitgenommen hatte. Der hatte ein riesiges Faltdach. Da konnten wir mit fünf Kindern auf der Rückbank stehen und hinausschauen.«

»Ja, ja, aber nicht bei strömenden Regen.«

»Es hatte geregnet?«

»Ja was meinst du, warum die Poster drei Tage danach immer noch feucht waren.«

»Und das war allein meine Schuld?«

»Ja wer denn sonst.«

»Hm …, bist du dir da ganz sicher?«

»Ich kenn sonst keinen, der auf so dumme Gedanken kommt. Aber das war das schöne an unserer Zweisamkeit. Du sorgst immer dafür, dass es was zum lachen gab und darum liebte ich dich so sehr.«

Ja unser Zusammenleben war von Schmetterlingen im Bauch, inniger Zuneigung und jede Menge Frohsinn gekrönt. Es war eine besondere Liebe die uns verband, die ein Teil unseres Lebens wurde. Wir taten alles zusammen, gingen durch dick und dünn, passten einfach perfekt zueinander, waren wie für einander geschaffen,

Ich überlegte und es fing an in meinen Fingern zu kribbeln, war aufgeregt und wollte weiterschreiben. Mein Kopf war voller Gedanken, voller Szenen die sich abspielten und zu Papier gebracht werden wollten. Aufgeregt wie ein kleines Kind, nahm ich meinen Kaffee und setzte mich wieder an meinen Laptop. Kaum saß ich davor, fingen meine Finger wieder an, die Tastatur systematisch zu misshandeln.

Als ich das erste Mal meine Aufzeichnungen unterbrach, um an meinem Kaffeebecher zu nippen, stellte ich fest, dass dieser bereits erkaltet war. Erstaunlich wie die Zeit vergeht, wie im Fluge, dachte ich mir. Ja, ja, die Zeit ist so eine Sache. Wir können sie nicht sehen, hören, riechen, fühlen oder schmecken, doch trotzdem ist sie da.

Zeit spielte schon vor unserer Zeitrechnung eine wichtige Rolle. Während man heute genaue Zeitangaben für eine Verabredung mit seiner Liebsten vergibt, hörte es sich damals etwas anders an:

»Wenn dein Schatten sechszehn Fuß misst, geliebte Brunhilde, erwarte dein Claudius dich am Olivenhain.«

Schon vor tausenden von Jahren wurde beobachtet, wie sich der Schatten eines freistehenden Baumes in der Länge veränderte. Als ein Mensch das erste Mal einen Stab in die Erde rammte, stellte er fest, dass wenn die Sonne im Zenit stand, der Stab kaum Schatten warf. So nannten sie den Schatten der aufgehenden Sonne Vormittag und der des neigenden Abends Nachmittag. Der erste Zeitmesser war erfunden, die Sonnenuhr. Nachteil war, dass sie nachts nicht funktionierte. Erst wesentlich später, als man Sekundenzeiger und Batterie erfand, fing die heutige

Versklavung durch die Zeit an.

Doch die Wahrnehmung der Zeitdauer, hängt davon ab, was in der Zeit passiert. Für mich waren es Zeiten der Hoffnung und der Erinnerung die Nähe gaben, egal wo ich mich gerade befand.

Andererseits ist es nur ein dummes Geschwätz, das die Zeit vergeht, denn wenn sie vergeht, wie man sagt, dann sollte sie doch auch irgendwo herkommen. Oder?

Ich fand plötzlich keinen Ansatz mehr, hatte mich zu sehr mit der Zeit beschäftigt, mich einfach von meinen Assoziation abbremsen lassen, mich von der Formulierung meines eigentlichen Themas abgelenkt. So machte ich Schluss und schob das Weiterschreiben auf den nächsten Tag.

4. Verlag oder Self-Publishing

Frisch und ausgeruht ging ich wieder ans Werk und auch die nächsten Tage nutzte ich jede freie Minute um zu schreiben. Nach über einer Woche war mein umfangreiches Werk vollendet. Aufmerksam las ich es mir nochmals durch und lobte das Manuskript als sehr gelungen, als nett formuliert und als äußerst amüsant. Ich schwamm auf einer Welle des Glücks.

Jetzt brauchte ich einen Verlag, der es zu einem Buch formt, druckt, vervielfältigt und es im nationalen und internationalen Handel verbreitet.

Man kann die klassische Methode dafür nehmen, das Manuskript mehrfach kopieren und es an die verschiedensten Verlage senden. Von dann an heißt es dann warteten, warten auf Reaktionen, irgendwann mal eine Nachricht zu erhalten. Fragt man nach geraumer Zeit nach, ob man das Manuskript bereits gelesen hätte, erhält man nur vage Vorwände wie:

»Es befindet sich bereits in der zweiten Lesung,«

oder:

»Der Chef müsse es nur noch absegnen, aber der ist gerade im Urlaub.«

Erwartungsfroh lässt man sich mit diesen Aussagen abspeisen, fängt langsam an, mit den Fingern auf dem Tisch zu trommeln oder gar mit den Füßen zu trampeln, wird nervös und ungeduldig. Dann nach Wochen oder Monaten erhält man reihenweise Absagen und es platz einem der Kragen, gefolgt von der totalen Wut, der Zerstörung von Vasen und Gläsern, dem Anschiss an die ahnungslose Nachbarin, das Frust Saufen und danach das nachdenkliche Rumsitzen in der Ecke. Man füllt sich auf einmal als Versager.

Doch diese Zeit ist eigentlich längst vorbei. In der heutigen Zeit gibt es Verlage verschiedenster Kategorien, allen voran die, die eine Self-Publishing-Plattform anbieten. Sie sind eigentlich gar keine richtigen Verlage, sondern Unternehmen die aufgrund eines besonderen Verfahrens es ermöglichen, Bücher auf Anfrage in Kleinstauflagen drucken und nachdrucken zu lassen.

Einige von Ihnen werben damit, kostenlos Bücher zu veröffentlichen, wobei kostenlos nur dann zum tragen kommt, wenn man eine Mindestmenge von seinen eigenen Büchern erwirbt, ansonsten fällt eine Veröffentlichungsgebühr an. Doch was soll ich mit Eigenexemplaren, mich auf dem Markt hinstellen und sie wie ein

Marktschreier an den Mann bringen? Dafür wende ich mich doch schließlich an einen Verlag, der mein Buch publiziert und vertreibt, wodurch er schließlich profitiert.

Andere hingegen belassen ihr Geschäftsgebaren bei einer geringen Einrichtungsgebühr. Auf allen deren Websites wird genauestens erklärt, wie ein Buch auszusehen hat, damit es erfolgreich überall im Buchhandel erhältlich ist. Dabei kann man die professionelle Umschlaggestaltung nutzen oder seinen Umschlag selbst gestalten, es in ein E-Books konvertieren lassen oder sogar als Hardcover.

Hat man sein Werk soweit vollrichtet, schickt man sein Manuskript einfach über das World Wide Web an den entsprechenden "Verlag" und wartet ab. Hier durchläuft das Manuskript unverzüglich einen simulierten Probedruck, der dann nach Freigabe durch den Verlag gespeichert wird. Müssen Änderungen noch vorgenommen werden, erhält man umgehend die entsprechende Information.

Aus der einst so langen Wartezeit von bis nahezu einem Jahr bei der klassischen Methode, vergehen nun nur noch wenige Tage, bis man sein erstes geschriebenes Buch freudestrahlend in den Händen hält.

»Na freust du dich über dein erstes Buch«, hörte ich mal wieder die unverkennbare Stimme meiner verstorbenen Frau fragen.

»Ja, eigentlich schon.«

»Warum nur eigentlich?«

»Mit fallen immer wieder Dinge ein, die ich noch hätte schreiben können, die irgendwie noch in das Buch hinein gehörten.«

»Schreib doch noch eins.«

»Das hab ich mir auch schon überlegt. Mir fallen im Moment so viele Geschichten ein, da könnt ich zig Bücher schreiben.«

»Ich hab das nur aus Spaß gesagt, dass du noch eins schreiben sollst.«

»Ja, aber es ist alles so realistisch für mich, wenn ich schreibe, ein Gefühl, als wenn du neben mir stehen würdest und mir bei der Arbeit über die Schulter schautest. Da laufen Gedanken ab, wie in einem Film. Alles nehme ich nochmal wahr, unsere Erlebnisse, Abenteuer, unsere eindrucksvollen Ereignisse, vom Kennenlernen bis …, naja bis heute.«

»Na dann fang an, ich werde dir gedanklich zur Seite stehen,« nahm ich die zärtliche Stimme meiner Frau in meinen

Vorstellungen wahr, die ausschließlich mit einer überaus überzeugenden Manifestation existierte.

Ich nahm mir jeden Tag die Zeit zu schreiben, saß schon früh morgens kurz vor dem zur Arbeit gehen vorm Computer und notierte mit die Gedanken, die mich am Abend zuvor wach hielten. Sie landeten immer wieder bei dir und ich sah Momente die wir erlebten, meistens lustige Begebenheiten, die heiter und ausgelassen waren. Doch manchmal war es auch nur ein Satz, der sich in mein Gedächtnis gebrannt hatte und urplötzlich durch meinen Kopf schoss.

Sie wusste schon immer was ich dachte, bevor ich es groß aussprach. Konnte meine Gedanken lesen, bevor ich sie umsetzte. Niemals möchte ich die Zeit missen, dafür war sie viel zu wichtig in meinem Leben. Sie hat es geschafft, mich mit einfachen, schlichten Worten zu berühren und das wusste sie auch.

Ein Monat später hatte ich das nächste Buch fertig und ließ es Veröffentlichen. Ich hatte mir zuvor Gedanken über das Werk gemacht, wie man es am besten gestaltet, damit es von Anfang an jeden Leser fesselt.

Es sollte kein so literarisches Werk werden wie Johann Wolfgang von Goethes

Schauspiel "Götz von Berlichingen mit der eisernen Hand", dessen Kernaussage "Er kann mich am Arsch lecken" einem kaiserlichen Unterhändler an den Kopf geworfen wurde.

Nein es sollte ein Roman, eine Geschichte, eine Erzählung werden, der den Bedürfnissen der Leser nach Innerlichkeit und Emotionalität begegnet und ihn an Gefühlserlebnisse anderer teilhaben lässt, der einen literarischen unterhaltsamen Charakter hat; eine Unterhaltungslektüre, die einen in eine andere Welt entführt.

Die Bücher verkauften sich wider Erwarten erstaunlich gut und eines Tages stand ein Mann bei mir vor der Tür, der die Welt der geschriebenen Worte genoss und sich als Vertreter eines der größten Verlagshäuser vorstellte.

»Wir würden gerne in Zukunft ihre Bücher verlegen«, meinte er.

»Okay und was für ein Vorteil hätte ich dabei, meine Bücher ausgerechnet bei ihnen publizieren zu lassen?«

»Nun, wir haben hausinterne Lektoren über die sie unbegrenzt verfügen können, haben ein eigenes Büro für die Übersetzung von Büchern in andere Sprachen; verfügen über Darsteller, die rein akustische Inszenierungen sprechen, besitzen eigene

Druckwerkstätten und haben die Möglichkeit ihr Werk durch gezielten Einsatz der Werbung über Fernsehen, Zeitschriften, Buchhandlungen und Messen publik zu machen. Ferner werden wir ihren Namen noch zusätzlich über Merchandisingartikel vertreiben.«

»Und wie soll das alles ablaufen?«

Er holte ein Dokument aus seiner Aktentasche heraus, breitete es vor mir aus und tippte mit der Spitze seines Kugelschreibers auf das fettgedruckte Wort Autorenvertrag. Eine Vereinbarung zwischen dem Verlag und mir, der soweit vorbereitet war, dass nur noch Name und Adresse handschriftlich nachgetragen werden brauchten. Ganz besonders ist bei solchen Verträgen auf das kleingedruckte zu achten, ein effizientes Mittel, um einige gewisse Leistungen süffisant zu verdrängen.

»Ich habe hier einen Mustervertrag dabei, der eine Art Checkliste darstellt. Hierin werden alle Aspekte einer Zusammenarbeit erläutert und zusätzliche Vereinbarungen schriftlich festgelegt. Darin verpflichten wir uns, ihr Manuskript auf eigene Rechnung zu vervielfältigen und zu verbreiten, das heißt, dass wir auf eigenes unternehmerisches Risiko beim Vertrieb des uns überlassenen Werkes handeln.«

»Oookaaay und wie sieht es aus mit ...?« Ich sprach den Satz nicht aus, rieb stattdessen mit dem Daumen an meinen Zeige- und Mittelfinger, eine weltweit verwendete Geste des Geld Zählens.

»Über eine außergewöhnlich hohe Marge hinaus, erhalten sie einen Vorschuss auf das zu erwartende Buch. Diese verrechnen wir mit den tatsächlichen verkauften Exemplaren. Deckt sich die Vorauszahlung nicht mit dem Verkauf, tragen wir das Risiko, nur müssen sie damit rechnen, dass der Verlag für die zukünftigen Vorauszahlungen erneut mit ihnen in Verhandlung treten wird.«

»Verständlich,« erwähnte ich. »Ich werde darüber nachdenken. Lassen sie mir ihre Visitenkarte hier, ich rufe sie dann an.«

»Den Blankovertrag lasse ich ihnen hier, damit sie sich die Konditionen nochmal durchlesen können. Bei Interesse füllen sie bitte die, die und die Stellen aus und schicken in mir zurück. Selbstverständlich kann ich auch nächste Woche vorbei kommen und ihnen bei der Ausfüllung behilflich sein, wenn sie es wünschen.«

»Nein, nein, die paar Sachen kann ich schon alleine ausfüllen. Ich melde mich dann bei ihnen.«

Der Mann verschwand. Ich las den Vertrag minutiös durch, suchte nach unseriösen versteckten Hinweisen, unterstrich unverständliche Passagen, die eventuell noch abzuklären sind.

Dann fuhr ich zum Friedhof, wo ich frei vom Druck der Gesellschaft war, wo meine Gedanken übertragen, empfangen, verwertet und beantwortet wurden, wo ich gedankliche Gespräche mit meiner Liebsten führen konnte.

»Warum solltest du den Vertrag nicht unterschreiben«, erzähltest sie »Du verdienst dadurch eine ganze Menge Geld, mehr wie bisher.«

»Ja und was soll ich mit der Kohle?«

»Na leben, dir was gönnen, teure Sachen kaufen, neues Auto, Party machen, in Urlaub fahren.«

»Ohne dich?«

»Ich bin doch immer bei dir.«

»Ja das schon, aber wie kann ich mein Erfolg mit dir teilen, wenn du nur fiktiv da bist. Schließlich hast du mich doch dazu animiert, indem du immer wieder sagtest: Schreib mir doch mal einen Brief. Und jetzt…? Jetzt bin ich Schriftsteller, um den sich ein Verlag reist. Soweit sollte es doch gar nicht kommen. Ich wollte doch nur ein paar Erinnerungen loswerden, um dir nahe zu sein. Warum bin ich nicht schon früher damit angefangen, dann hätten wir beide was davon gehabt, hätten viel Geld und uns würde es gut gehen.«

»Warum wird immer das "gutgehen" mit Geld assoziiert, mit Reichtum, wohlhabende Eltern oder Papas Kreditkarte. Ob es einem so richtig gut geht, entscheiden doch andere Maßstäbe. Mir zum Beispiel geht es gut, weil ich dich immer noch habe und weil ich immer wieder in deinen Gedanken kreisen kann.«

Ja in unserer Beziehung war alles schön. Es war, als ob sie mir die Hand hinhielt, mich in ihrem Leben willkommen hieß, mir zulächelte und ich nicht anders konnte als ihre Hand zu nehmen und die Verbundenheit zu spüren, die unsere Herzen in diesem Augenblick verband.

Eine Leidenschaft, die von Küssen und Sexualität geprägt war und das vollkommene Glück bedeutete. Wir waren immer füreinander da und konnten uns aufeinander verlassen; konnten uns dabei mit ganzer Seele an Gemeinsamkeiten erfreuen, die uns noch enger miteinander verbanden. Es war egal, ob man zusammen gekocht, ins Kino gegangen oder Sex hatte, wichtig war einfach, alles gemeinsam zu machen und auch gern, weil man es mit Leidenschaft tat.

Ich fuhr wieder nach Hause und schrieb voller Tatendrang an meinem Buch weiter. Drei Tage später, ich war gerade dabei die ersten Kapitel zu korrigieren, klingelte das Telefon.

»Hallo«, meldete ich mich.

»Ja guten Tag, ich rufe vom Buchverlag Read and Write an und möchte mit ihnen einen Termin vereinbaren für ein Gespräch hinsichtlich einer Zusammenarbeit mit ihnen.«

Noch ein Verlag der mich unter Vertrag nehmen wollte. Frage mich nur, wie die gerade auf mich kommen. Irgendwie müssen die Wind bekommen habe, dass sich meine Bücher gut verkaufen lassen.

»Was für Konditionen können sie mir anbieten?«

»Das würde ich ihnen gerne in einem persönlichen Gespräch erläutern.«

Hä, eine Vertretermanier, die ich aus der Vergangenheit kenne. Lieber auf der Matte des Kunden stehen und seine Barmherzigkeit damit zeigen, indem man die Hand des Signatars bei der Unterschrift führt.

»Leider ist die Zeit bei mir sehr rar. Ich hab heute noch eine Autogrammstunde im Supermarkt und die nächsten Tage diverse Vorlesungen im Altersheim,« log ich ihm vor. »Erläutern sie mir doch in kurzen Zügen, wie sie sich die Basis einer Zusammenarbeit vorstellen.«

Er fing an zu erzählen, lebte seine ungeteilte Macht hemmungslos aus, versuchte mich süffisant davon zu überzeugen, meine Bücher nur noch über ihn zu veröffentlichen und seine Aufgabe es sei, mich über alle Grenzen hinaus berühmt zu machen.

Wow, dachte ich. Er will also für ein extravagant hohes und andauerndes Ansehen innerhalb der Gesellschaft sorgen. Es sind Leute die wie Politiker agieren, viel versprechen und nichts einhalten.

Ich lehnte eine Zusammenarbeit ab, da er mir mit seinem kaufmännischen Denken nicht wohlgesonnen war und mir auch die Konditionen nicht gefielen. Außerdem gestand ich ihm, bereits einen anderen Verlag ins Auge gefasst zu haben.

So studierte ich nochmals den ersten Autoren-Vertrag, strich die Passage heraus, die mich zur regelmäßigen Veröffentlichung eines Buches verdonnerten. Dann unterschrieb ich den Vertrag und schickte ihn ab.

Einen endgültigen Vertrag, mit den akzeptierten Änderungen, brachte der Verleger einige Tage später vorbei, wobei wir jede Einzelheit nochmals mit aller Sorgfalt besprochen hatten.

Ich fing an auch andere Bücher zu schreiben über Tiere und Städte, über vergangene Zeiten, über Urlaub und Reisen, doch in fast jedem Buch waren wir die Hauptdarsteller in einer besonderen Verbindung. Sicher vieles wurde dramatisiert, übertrieben, in Phantasien verwandelt, mit anderen Konstellationen kombiniert und in einer visuellen Form wieder dargestellt. Doch im Endeffekt fühlte ich mich nicht mehr allein, wenn ich schrieb.

5. Erfolg ist eine Reise und kein Ziel

Zwischenzeitlich sind einige Bücher von mir auf dem Markt und der Erfolg spricht für sich. Doch Medienunternehmen sind immer bedacht, alle Möglichkeiten auszuschöpfen, um deren Umsatz noch weiter in die Höhe schnellen zu lassen. Da in den deutschsprachigen Länder wie Deutschland rund achtzig Millionen Menschen leben, in Österreich acht ein halb, ebenso wie in der Schweiz, fing man an die Bücher auch ins englische zu übersetzten. Schließlich kann Amerika immerhin mit dreihundertsiebzehn Millionen Menschen aufwarten, Kanada mit fünfunddreißig und England mit fünfundsechzig. Das ist natürlich ganz in meinem Sinne, denn in jedem Kaufpreis steckt meine Marge drin.

Die Ausdehnung ließ auf einmal ausländische Währungen auf meinen Abrechnungen erscheinen, Dollar und Pfund waren keine Seltenheit mehr. Allerdings wurden die Fremdwährungen vor Auszahlung umgerechnet.

In kürzester Zeit füllte sich mein Konto. Ich hatte soviel Geld zur Verfügung, wie ich früher in drei Jahren verdient hatte. Doch was nützt mir ein prallgefülltes Konto, wenn niemand da ist, mit dem man es teilen kann.

Aufmerksam schaute ich mir meine Kontoauszüge an, dachte gleichzeitig an mein Auto, dass bereits fünfzehn Jahre auf dem Buckel hatte.

Gemeinsam hatten wir das Auto gekauft und sie meinte damals, ich wäre ein Raser, weil ich zuerst auf das Gaspedal geschaut hatte. Dabei wollte ich nur wissen, ob es ein Automatik-Fahrzeug war.

»Kauf dir doch ein neues Auto. Was soll das ganze Geld auf dem Konto liegen«, drangen Worte durch meinen Kopf.

»Das ist mein Notgroschen, falls es mal anders kommt, als man denkt. Stell dir mal vor die Waschmaschine streikt oder der Fernseher gibt seinen Geist auf.«

»Wieso willst du dir dann eine vergoldete Waschmaschine kaufen oder ein Fernseher mit Sprachsteuerung und Gestenerkennung, der sich mit dir unterhält und womöglich noch deine Bücher korrigiert?«

Ich überlegte und eigentlich ist es wirklich albern, immer mehr Geld auf dem Konto zu bunkern. Anlegen wollte ich es auch nicht, zu viele Gesellschaften sind schon Bankrott gegangen und haben ihre Anleger mit deren Erfolg geblendet, die dadurch sehr viel Geld verloren hatten.

»Naja, du hast ja Recht. Ein bisschen könnte ich ja in ein neueres Fahrzeug investieren. Wer weiß wie lange die alte Karre noch hält,« willigte ich ein.

»Fang nicht mit einem alten Auto an, kaufe dir einen Neuwagen, da stehst du auf der sicheren Seite, denn sie sind generell nicht so anfällig für Ausfälle wie Gebrauchte. Außerdem weiß man bei gebrauchten nie, wie die Vorbesitzer mit dem Fahrzeug umgegangen sind.«

So ging ich ins Autohaus und schaute mir einige Fahrzeuge an. Neue Autos sehen so richtig schick aus, mit viel Power und aerodynamischen Kurven. Manche Innenausstattungen sind war gewöhnungsbedürftig, hinterließen aber einen großen Eindruck. Jedes Auto inspizierte ich genau, wog die Vor- und Nachteile gegeneinander auf und plötzlich stand er vor mir, in seiner perfekten Form und seiner unscheinbaren Schönheit.

Ein offener Sportwagen, der durch die euphorische Fahrweise das Brausen des Windes vernehmen lässt. Ein Gefährt, in dem man die Wärme der Sonne in jeder Lage verspürt und der einem das Gefühl von Freiheit und Verbundenheit mit der Natur gibt. Eine Regeneration vom Alltag und gleichzeitig die Quelle neuer Lebenskraft. Ein Fahrzeug für den Schönwetterausflug, ein Wagen der zum klaren Diamanten geschliffen wurde, ein Cabrio und dann noch in dunkelblau, in meiner Lieblingsfarbe. Die Innenpolsterung eine Kombination aus schwarzen und elfenbeinfarbigen Leder mit farbiger Kontraststeppung. Zierleisten und Instrumententafel aus edlem Holz und die Musikanlage, ein High End Surround System.

Die Alufelgen bestachen durch eine absolut bissige Optik. Die fünf Speichen waren in sich leicht geschwungen, was dem Rad eine extreme Dynamik verlieh. Mit der Bi-Color-Optik, der farblichen Abstimmung mit der Karosserie, haben die Designer eine außergewöhnliche Felge geschaffen.

Es war Liebe auf den ersten Blick. Mythos oder Wahrheit? Ein Glaube über den schon so viele Lieder gesungen, Filme gedreht und Geschichten erzählt wurden. Doch es war für mich die Anziehungskraft, die mich innerhalb weniger Sekunden wissen ließ, dass dieses Auto zu mir gehört.

Ich hielt nach einem Verkäufer Ausschau, sah drei glasumschlossene Beratungsräume, in dem sich jeweils ein Mann befand. Einer von ihnen las die Tageszeitung, ein anderer führte ein wohl amüsantes Telefonat und der dritte hatte seine Füße auf dem Tisch und war kurz vorm Einnicken.

»Hat keiner Interesse Geld zu verdienen?« rief ich lautstark, hallend durch den Verkaufsraum, worauf dem Lesenden fast die Zeitung wie ein Windstoß ins Gesicht schlug, dem Telefonierenden der Hörer aus der Hand fiel und der dritte mit seinem abgekippten Stuhl fast den Halt verlor. Sofort kamen alle drei heran geeilt.

»Entschuldigung wir waren so sehr in der Arbeit vertieft, dass wir sie gar nicht bemerkten«, sprach der eine.

»Das habe ich gesehen«, entgegnete ich ihm. Dann tippte ich auf das Cabrio und sprach weiter: »Machen sie für diesen Wagen die Papiere fertig. Morgen Mittag möchte ich das Fahrzeug zugelassen hier abholen.«

»Da haben sie eine gute Wahl getroffen«, sprach ein weiterer Verkäufer. »Im Moment ist es eine günstige Zeit, sich ein neues Fahrzeug anzuschaffen, denn sie sind äußerst günstig.«

»Äußerst günstig bedeutet also ein Preis von schlappen vierzigtausend Euro für dieses Cabrio. Wenn ich kein neues Auto benötigen würde, dann sind die schlappen Vierzigtausend Euro mehr, als ich auszugeben vermag. Und auch wenn es sich um einen Gelegenheitskauf handeln würde, wie sie es zu bezeichnen pflegen, so kauft man Lebensmittel mit Mindesthaltbarkeitsdauer auf Vorrat, aber keine Autos.«

Ich freute mich über das neue Auto und ganz besonders darüber, dass drei Verkäufer plötzlich nicht mehr in der Lage waren, sich zu ihrer Bequemlichkeit vernünftig zu äußern. Ich war früher selber jahrelang Verkäufer im Dienstleistungsbereich, musste Kunden beraten und betreuen, Serviceleistungen anbieten und mit Menschen umgehen können, den Bedarf eines Kunden ermitteln und entsprechende Empfehlungen aussprechen, Ansprüche prüfen und gegebenenfalls abwickeln.

Nur wer wagt, der gewinnt und kommt zum Erfolg, wobei man heute Erfolg unterschiedlich definiert. Für den einen ist Erfolg, wenn er glücklich mit einem einfachen Job ist und ein erfülltes Familienleben hat. Für den anderen bedeutet Erfolg viel Geld, Gewinn, Attraktivität, großen Freundeskreis, eine Yacht, ein luxuriöses Ferienhaus, oder ein neuer Sportwagen. Es ist die Fähigkeit, seine selbst gesetzten Ziele zu erreichen. Doch Erfolg ist auch eine Reise und kein Ziel.

Am nächsten Tag fuhr ich erstmal wichtigtuerisch mit meinen neuen Wagen quer durch das Dorf zum Friedhof, um fiktive Worte mit meiner Herzallerliebsten zu wechseln und von meinem neuen Auto zu berichten.

»Wo warst du gestern«, fragtest sie. »Du hattest mich nicht besucht.«

Richtig, gestern war Donnerstag, ein Tag ich sie normalerweise besuchte, genau wie dienstags und samstags.

»Ne, ich hatte was anderes zu tun, hab nämlich ein Auto gekauft, direkt aus dem Schaufenster. Der fährt sich super.«

»Hast du also doch auf meine Worte gehört.«

»Naja du weißt doch, dass ich immer jemanden brauchte der mich berät.«

»Beraten? Überzeugen muss man dich immer. Das war früher schon so. Was ist das für ein Auto?«

»Ein Cabrio, dunkelblau, mit Holzapplikationen, Alufelgen in entsprechender Karosseriefarbe und einer ganz weichen Polsterung.«

»Wow.«

»Ja und morgen fahre ich damit an die Ostsee.«

»Wohl ein bisschen angeben wollen, was.«

»Nein nicht angeben, nur mein neues Auto repräsentieren. Wenn du artig bist, nehme ich dich mit.«

Die nächsten Tage war ich nur unterwegs, fuhr überall hin, war an der Nord- und Ostsee, besuchte die Bremer Stadtmusikanten, aß Eis am Maschsee, ging durch das Holstentor und bin sogar nach Dänemark gefahren, nur um ein Hotdog zu essen. Sie waren einfach lecker, diese dänischen Hotdogs mit Pölserwurst, Röstzwiebeln und sauer eingelegten Gurkenscheiben.

Doch auch wenn es noch so schön ist, ziellos in der Gegend herumzufahren, so holt einen der Alltagfrust schneller ein als man denkt. Geld verdienen ist angesagt, denn Geld ist die Grundlage des Lebens und füllt den Kühlschrank. Geld ist aber nicht nur ein Tauschmittel, dass uns erlaubt, dass zu kaufen, was wir brauchen. Nein, Geld steht für Erfolg, Sicherheit, Anerkennung, Macht, Lebensqualität, Selbstständigkeit. Es ruft Gefühle wie Stolz hervor.

Wieder saß ich am Laptop, schloss meine Augen und versank in Gedanken. Um mich herum war alles still, eine gefräßige Stille, die alles um mich herum schweben ließ. Ich bewegte und atmete kaum, horchte und vernahm wieder mal ihre Stimme. Wir unterhielten uns, sprachen über Dinge, die uns stärker und stabiler machten, über Abenteuer und Überraschungen, über unser gemeinsames Leben und über ungezwungene Albernheiten. Ich schrieb alles bis ins kleinste Detail auf, fühlte mich wohl und geborgen dabei, genoss jeden Moment dieses Gespräches, jede noch so kleine Geste die mir ein Lächeln ins Gesicht zauberte.

Früher war ich wie eine Eiche, stand da, unabhängig, ganz eins mit mir selbst. Natürlich machte es auch Spaß, jedes Wochenende mit einem anderen Mädchen in Bars herum zu sitzen, zu tanzen und zu feiern. Ich wehrte mich davor, dass mir die Äste geschnitten, die Rinde entfernt und ich dann in den Fluss gerollte werde, um dann mit anderen Leidensgenossen zum Sägewerk zu treiben. Hat man das Sägewerk erst einmal erreicht, ist man nach dem verlassen längstens eine Eiche gewesen.

Aber dann kam der Tag, wo man tunlichst mit diesem Leben aufhört und lieber eine dauerhafte seriöse zuverlässige Bindung mit einer Frau eingehen wollte. So lernte ich meine Frau kennen und es freute mich sogar, dass der einst so konsequenten Eiche die Äste abgesägt wurden. Es gab nichts Wunderbareres, nicht befriedigenderes, nichts Genügsameres auf der Welt, als Abend für Abend nach Hause zu kommen und von einer wunderbaren Frau empfangen zu werden.

Das Telefon klingelte. Mein Verleger war dran:

»Ihr Buch ist in der Liste der Bestseller aufgenommen worden.«

»Wow«, sprach ich. »Und was bedeutet das?«

»Das bedeutet, dass ihr Buch übermäßig oft Buch gekauft wurde.«

»Aha, das ist doch schön.«

»Ja ihre Stilebene scheint beim Leser den Nerv getroffen zu haben. Wir werden deshalb das Buch in französischer und spanischer Sprache übersetzten lassen, in der Hoffnung, dass auch auf dem französischen und Südamerikanischen Markt überdurchschnittlich Absatzzahlen erzieht werden.«

»Und was heißt das für mich?«

»Zurzeit nichts, es bleibt alles beim alten. Was können sie mir für Neuigkeiten geben?

»Ich bin nicht schwanger,« antwortete ich.

»Nicht so viel auf einmal,« entgegnete er mir. »Wie kommen sie mir ihrem Buch voran?«

»Bin erst bei Kapitel neun, werde mein Möglichstes tun.«

»Wir haben bereits einen Erscheinungstermin festgelegt, den wir auch einhalten wollen.«

»Und wann ist der?«

»Zu den Ferien. Da haben die meisten Leute zeit sich mit Bücher zu entspannen.«

»Bis dahin werde ich wohl fertig sein, hoffe ich zumindest.«

»Hoffe ich auch. Im Moment sind die Leser sogar soweit, dass sie ihre Werke unbesehen kaufen wollen.«

Das Telefonat fand schnell sein Ende und ich setzte mich wieder an meinem Schreibtisch, wollte weiter schreiben. Konzentriert las ich die letzten Zeilen nochmal durch, um wieder in das Geschehen eintauchen zu können. Doch die Muße küsste mich. Ich war auf einmal schwungvoll wie eine Weinbergschnecke, fühlte mich erschöpft, leer und ausgebrannt, fix und fertig, überfordert, kraftlos, niedergeschlagen, hatte auf einmal kein Interesse an meiner Arbeit. Am liebsten würde ich mich auf Sofa schmeißen und gar nichts tun. Doch das könnte den Energiemangel noch verschärfen und da gerade die Sonne schien, ich immense viel Zeit hatte, beschloss ich noch eine Runde mit meinem Cabrio zu drehen.

Ich setze mich in den Wagen, drücke den Knopf, das Dach öffnet sich, klappt nach hinten, verschwindet im Kofferraum und das Oben-Ohne-Feeling begann. Mit hochgeklappten Windschott glitt ich genussvoll durch die Straßen, aus der Stadt hinaus, in die weite Landschaft.

Im Radio hörte ich Oldies, dachte dabei an frühere Zeiten, an Nana Mouskouri die mit ihrer modernen Brille die weißen Rosen aus Athen besang, die Modeerscheinung der Beatles mit ihren Pilzköpfen, wo Heintje noch seine Mutter anflehte nicht zu weinen und Vicky Leandros versuchte die Welt anzuhalten; wo Peggy March, Connie Francis, Bill Ramsey und Cliff Richard jede sechziger Party zum kochen brachte.

Schön waren die Zeiten, als unsere Cabrios noch aus Seifenkisten bestanden und wir uns damit an abschüssigen Straßen, allein durch die Hangabtriebskraft herunter stürzten. Wir bauten sie aus ausrangierten Kinderwagen und befestigten Holzgestelle oder Blechwannen auf den Rädern. Gefahren werden konnte sie nur auf geraden Strecken, da unsere Seifenkisten keine

Lenkung hatten und auch keine Bremsen. So verlor manche Kiste auch schon mal ein Rad und man landete im Graben auf der gegenüberliegenden Straßenseite. Mancher Baum stand auch im Wege und Schürfwunden an der Borke des Baumes und an den Knien des Fahrers waren unübersehbar.

Ich fuhr in der Gegend umher und wenn man ein Auto offen bewegt, dann fühlt man sich wie im Freien, hört das Vogelgezwitscher und erzeugt Aufmerksamkeit. Licht und Luft, Gerüche und Geräusche dringen zu einem, eine frisch gemähte Wiese kommt nicht pollen-gefiltert über die Klimaanlage, sondern riecht so, als stünde man mittendrin. Cabrio fahren lassen Herzen höher schlagen.

Für viele beginnt die Saison bereits, wenn die Temperaturen konstant über Null Grad liegen und aus Regen ein Nieseln geworden ist, ein fast weinender Niederaschlag. Dann sieht man sie, die Cabrioler, mit Sonnenbrille, Schirmmütze, Schal und Winterjacke bewaffnet.

Deutlich merkte ich, wie mein Körper auf die einfachsten Einwirkungen reagiert, über die Naturbetrachtung, die Farben, die Gerüche, die Sommerbriese und über die neugierigen Augen, die einen neidisch verfolgten. Eine interessante und vielseitige Welt tat sich auf, die mich überraschte.

Stunden war ich schon unterwegs, kam mir vor wie im Urlaub, fühlte mich wohl und spürte die regenerativen Kräfte, die auf mich einwirkten. Total entspannt kam ich heim, ließ die Arbeit weiterhin Arbeit sein und entspannte weiter auf dem Balkon zwischen der farbenfrohen Bepflanzung und dem lauschigen Abendwind.

6. Wie ein Pit-bull stürzte ich mich in die Arbeit

Gut geschlafen stand ich am nächsten Morgen auf, war fit für den Tag. Meistens brauche ich eine bisschen Zeit, um morgens in Schwung zu kommen. Das liegt daran, dass ich oft abends im Bett wach liege und über alles Mögliche nachdenke. Es ist gar nicht so einfach, diese Gedanken zu stoppen, wie viele behaupten. Auch das Aufschreiben der Gedanken, wozu Psychologen raten, hielten mich noch länger wach, da ich stundenlang damit beschäftigt war meine Informationen zu notieren. Es ist eben nicht wie ein rotierendes schwarzes Loch im All, das Gedanken anzieht und verschlingt, oder eine Badewanne, aus der man den Stöpsel zieht und alles fließt in den Abfluss.

Immer wieder habe ich an meine Frau gedacht, warum gerade sie von einer unheilbaren Krankheit befallen werden musste, sie war doch noch so jung. Es machte mich traurig und ständig verlor ich tränen, weil ich sie vermisste. Heute versuche ich mich mit dem schreiben von Büchern abzulenken. Aber auch hier landen Gedanken immer wieder an längst vergangene Zeiten, an unser gemeinsames Leben voller Romantik und Enthusiasmus, an Harmonie, Liebe und Fröhlichkeit, an Vertrauen und Verständnis. Doch in den Büchern kann ich zum Teil die Zeit wieder erleben, zwar nur als visuelle Wahrnehmung, aber immer hin.

Aber heute war ich gut ausgeruht und fühlte mich gestärkt für mein Tageswerk. Ich fuhr meinen Laptop hoch, öffnete meine Programme und fing an ordentlich durchzustarten, haute in die Tasten, bevor der Energielevel meiner körpereigenen Batterien wieder abfällt.

Ich schrieb vom Schneegestöber, indem ich mich befand, schrieb wie kalt und dunkel es war, dass der Schnee in weichen Flocken leise und ganz sachte, fast schwerelos zu Boden rieselte. Dann sah ich in der Ferne eine Holzhütte durch deren Fenster ein sanftes Licht hinausdrängte und ein leichter Rauch aus dem Schornstein ringelte. Wie eine schützende Decke glitzerte der Schnee um das Holzhaus herum, auf das ich zuging. Unter dem lautlosen Geräusch der Bäume hörte ich das Knirschen meiner Schritte im Schnee und fühle, wie er sanft und weich nachgab und jeden meiner Fußstapfen einfing. Er rieselte in mein Gesicht und wurde von der warmen Haut geschmolzen, verfing sich in den Haaren und wurde langsam zu Wasser.

Ich blieb vor dem Fenster stehen, strich den Schnee von der Scheibe und schaute hinein, sah ein Couchtisch, ein Sofa und ein loderndes Kaminfeuer. Vor dem Kaminfeuer lag ein nackter makelloser Körper im Schein der glühenden Flammen, erotisch und anziehend. Ein nackter Frauenkörper, der mit den verschiedensten visuellen Stimulationen aufwarten konnte. Er hatte vollkommene Rundungen, eine zartweiße Haut und eine Eleganz, die meine Sinne vollkommen vereinnahmte. Alleine der Anblick wirkte schon höchst faszinierend und ließ mich fast erblinden. Sie stand auf, schaute zu mir her und unsere Blicke trafen sich. Verschämt bedeckte sie mit den Armen ihre Blöße, fühlte sich beobachtet, in ihrem Schicklichkeitsgefühl verletzt, mit den Augen verfolgt wie von einen Voyeur, der durch das Loch in der Tür zur Badekammer schaut.

Ihr Äußeres war mir so vertraut, so treu ergeben, zärtlich, humorvoll, weiblich und intelligent. Es war ihr Körper, der wundervollste Körper, den ich je gesehen hatte und ohne den ich nicht mehr leben wollte und konnte. Es war meine Frau, die ich da sah.

Plötzlich erhob sich eine weitere Person vom Boden, ein Mann voll unbekleidet, splitternackt, wie Gott ihn schuf. Auch er schaute zu mir hin und ich erkannte auch ihn. Er hatte die gleichen Gesichtszüge, die gleichen Augen, Nase, Mund und auch die Haare, das gleiche Muttermal neben dem Schlüsselbein, die gleiche Statur … wie ich.

Schnurstracks ging ich zur Tür, klopfe erst ganz zaghaft dagegen, dann etwas heftiger und schließlich mit der Faust. Stimmen erklangen, redeten durcheinander, unverständliche Worte, dann waren Schritte zu hören, Schritte, die immer näher kamen. Langsam, ganz sachte ohne Geräusche ging die Tür einen Spalt auf und ich spürte eine Kälte auf meiner Haut, die aus dem Haus drang.

Dann überfiel mich plötzlich ein Blackout, eine Blockade, eine kreative Schreibpause, wo sich meine Gedanken nicht entfalten konnten. Es war, als wenn schlagartig Scheinwerfer komplett ausgingen und es einige Zeit dauern würde, bis sich die Augen an die Lichtverhältnisse angepasst hatten. Gedanken trafen sich wieder mit meiner Frau und ich hörte wie sie sagte:

»Was schreibst du auch so schnell?«

»Ich muss mich beeilen, mein Verleger drängelt.«

»Deswegen musst du doch nicht so hektisch werden.«

»Ich bin nicht Hektisch.«

»Bist du doch.«

»Bin ich nicht!«

»Doch!«

Frauen versuchen die Welt mit einem Dialog zu überzeugen, weil sie der Meinung sind, je öfters sie widersprechen, umso höher ist die Chance am Ende recht zu behalten. Schon Humphrey Bogart hatte in einem seiner klassischen Liebeszenen, wo er eine Ohrfeige bekam, gewartet, bis die Frau den Widerspruch bemerkte und daraufhin küssend in seine Arme verfiel. Genauso Paradox ist es einen Zettel auf einen Karton zu kleben auf dem dann steht: Bitte keine Zettel aufkleben.

»Weißt du,« sprach ich dann weiter, »jeden morgen wacht in Afrika eine Gazelle auf und sie weiß, dass sie schneller laufen muss, als der schnellste Löwe. Aber jeden morgen wacht in Afrika auch ein Löwe auf und der weiß, dass er schneller als die langsamste Gazelle sein muss, sonst würde er verhungern.«

»Willst du schon wieder ablenken?«

»Nein warum sollte ich?«

»Denk lieber an meinen Brief«, hörte ich urplötzlich von ihr sagen.

»Hallo, ich schreibe ganze Bücher für dich.«

»Ja schon, aber ein Brief ist wie eine Liebeserklärung, verursacht Herzklopfen und so. Ein Buch hingegen weckt dagegen nur die Grundbedürfnisse einer Unterhaltung. Ein Telefon dagegen weißt noch größere Schwäche auf. Es ist zwar schnell in der Übermittlung von Informationen, doch man kann damit den anderen Teilnehmer nicht mal eben schnell umarmen.«

Da hatte sie Recht. Schneller geht es natürlich, etwas am Telefon zu besprechen. Aber wenn man es eingehender betrachtet, so ist ein Telefon manchmal sogar ein Störenfried. Häufig gab es schon Situationen bei mir, wo ich es bereut hatte, den Hörer überhaupt abgenommen zu haben, weil ich eigentlich keine Lust und Zeit hatte, mich mit der Person am anderen Enden auseinander zu setzten. Gewöhnlich werden Telefonate, die um des Quatschens Willen stattfinden, von einem "Naja" und "Tja", vom Seufzen und stöhnen, oder gar vom Schweigen begleitet. Manchmal kann es auch vorkommen, dass jemand verzweifelt von einem Problem erzählt oder weint. Dann steht man da, hält den Hörer in der Hand und kann eine tröstende Umarmung nicht geben.

Ein Brief ist natürlich was ganz anderes, besonders wenn es Leidenschaft, Liebe und Zuneigung ausdrückt. Es hat nichts negative, sondern nur positive Eigenschaften, die Aufregungen, Gemütsbewegungen und Emotionen hervorrufen. Zeilen, die wie ein Bild der Umarmung gemalt werden, geben dem Brief eine ganz besondere Pose. Sie sind unvergänglich wie die Liebe selbst. Ihre Wirkung kann viele Jahre anhalten und kann zu einem wundervollen Erinnerungsstück werden.

»Wenn ich meine Arbeit beendet habe und ich die Zeit dafür finde, werde ich selbstverständlich noch einen Brief für dich schreiben. Doch augenblicklich muss ich erstmal mit meiner derzeitigen Publikation fertig werden,« ließ ich gedanklich verkünden.

»Vergiss es nicht wieder.«

»Nein, nein werde ich schon nicht.«

Wieder schlug ich kräftig in die Tastatur, ließ bahnbrechende Ideen aufblitzen, schrieb weiter vom Schneegestöber glitzernd weiß, von Eiszapfen die silbrig von den Dachrinnen herunterwuchsen und von weiß gepuderten Bäumen. Vom toben im Schnee, von Schlitten fahren und vom bauen eines Schneemannes. Es war klirrend kalt, der

Atem stieß kleine Dampfwolken aus Nase und Mund und die Finger wurden steif.

Das Telefon klingelte und wieder wurde ich aus meinen innersten Gedanken gerissen. Der Vorteil der heutigen Telefone ist, dass sie überwiegend Schnurlos sind. So nahm ich das Mobilteil und legte es im Schlafzimmer unter der Bettdecke, um das Klingeln zu dämpfen. Danach setzte ich mich wieder vor meinen Laptop und schrieb weiter.

Die klirrende Kälte ermunterte uns ins Haus zu gehen und ein Feuer zu entfachen. Das flackernde Licht erweckte den Raum zu neuem Leben und ließ es besonders festlich erscheinen. Gemeinsam schauten wir dem Feuerzauber zu, hörten das Knistern der Holzscheite und hingen unseren Gedanken nach. Diese roten Flammenzungen, die kleinen blauen Flackerflämmchen und der goldene Flammenmantel schwebten wie erschrockene Geister hin und her. Wir lauschten dem Knistern und Knacken, nahmen den angenehmen Duft des Verbrennens auf und beobachteten die kleinen Funken, die sich von den Holzscheiten lösten, sich schwebend erhoben und langsam davonflogen. Beständig züngelten sich die Flammen aus dem Gehölz heraus und wärmten unsere Herzen.

Langsam ließ ich meine Hand an ihrem Rücken auf- und abfahren, streichelte behutsam über den Spitzenstoff ihres Röckchens und ließ sie dann wieder über den Rücken zurückkehren. Ihre Haut war heiß, glühte von dem Zusammenspiel der Holzkloben und dem Flammenmeer. Das Feuer entbrannte in einer Leidenschaft und ließ aus dem Holz Asche entstehen.

Es klingelte an der Tür, eine ärgerliche Situation. Eigentlich sollte heute ein besonderes Ereignis folgen, das etwas Besonders an sich hat und nicht selten eine neue Ära oder einen neuen Abschnitt im Leben eines Menschen einläutet. Das Buch sollte fertig werden und in den Druck kommen. Doch wenn man eine effektive Arbeitszeit hätte, würde man deutlich mehr schaffen, als wenn man ständig abgelenkt wird.

»Ständig diese Unterbrechungen, keiner kann mich in Frieden lassen«, sagte ich zu mir. »Vielleicht sollte ich mir ein Türvorhängeschild anschaffen, um vor unerwarteten Besuch oder sonstigen Eindringlingen in Ruhe gelassen zu werden. So ein Anhänger mit der Aufschrift "Bitte nicht stören" oder "Do not disturb". Vielleicht auch mit etwas brachialen Ausdruck: "Keep out, I'm waiting for Friday" oder lieber etwas vornehmer: A little privacy, please", oder "Kaffeepause von 8.oo bis 12.oo, Mittagspause von 12.oo bis 17.oo. Zwischen den Pausen nicht stören".«

»Mach das doch«, schwebte mir durch den Kopf.

»Ha, ha, wenn ich es hier oben vor meiner Tür hänge, sieht es keiner der vor der Flurhaustür steht. Hänge ich es unten an der Flurhaustür auf, bekommen selbst meine Nachbarn keinen Besuch mehr.«

Ich betätigte zum öffnen den Knopf der Gegensprechanlage, stellte mich in den Flur, schaute hinunter und überlegte, wen ich gleich mit einem Stein im Gartenteich versenken werde. Es war ein meiner Freunde, der mich an meiner Schreibeuphorie bremste und nun mit einem breiten Grinsen die Treppe hinauf kam.

»Stör ich dich beim Bücherschreiben«, fragte er.

»Ich schreib keine Bücher, ich schreibe Geschichte«, erwiderte ich ihm.

»Klar, die schönsten Geschichten schreibt immer noch der Geschichteerzähler.«

»Schließlich lebt man nicht umsonst im Land der Dichter und Denker. Heute keine Arbeit?«

»Mein Kompagnon soll auch mal was tun. Ich hab heute null Bock und damit könnte ich eins werden.«

»Na dann komm erst mal rein, du zwei sprachiger Analphabet.«

»Wieso zwei-sprachig?«

»Na wegen dem Binärsystem, dass nur zwei Werte kennt, die eins und die null. Du sagtest doch eben: Ich hab null Bock und damit konnte ich eins werden.«

Daraufhin beschränkte sich sein Wortschatz auf ein deutliches »Arrr« und auf ein kaum vernehmbares –sch.

Es war mal wieder einer dieser beschissenen Tage, wo man ständig gestört wurde. Der Nachteil lag darin, dass mein Arbeitsplatz sich in meiner eigenen Wohnung befindet und ich somit ständig erreichbar war. Vielleicht wäre es sinnvoll, den Ort zu wechseln, mich in eine Café zu setzten oder in einem Park, sich zusätzlich noch von der Natur mit außergewöhnlich Ideen inspirieren zu lassen. Ich werde darüber nachdenken.

7. Kopf Kino
ist das schönste Kino

Am nächsten Morgen war es neblig ein Morgennebel der Bodenkontakt hatte. Meist entsteht er in den frühen Stunden des Tagesanbruchs, kurz vor Sonnenaufgang, wenn sich die warme, feuchte bodennahe Luft abkühlt.

Mit meinem Kaffeebecher in der Hand setzte ich mich auf einen der Balkonstühle, genoss die himmlische Ruhe, dachte an nichts, verspürte die Verheißung des neuen Tages und hörte dem Gezwitscher der Vögel zu. Langsam schloss ich die Augen und in meinen Phantasien zeichneten sich Bilder ab, mitten in der karibischen See.

Ich sah wie der Nebel immer wieder die Masten eines Schiffes bis in die obere Rah frei gab, wie sie zwischendurch immer wieder verschwanden und nur noch eine kaum erkennbare Mastspitze ersichtlich machte. Der Nebel hatte die ganze Sonne verhüllt und er täuschte nicht nur das Auge, sondern auch das Ohr, denn entfernte Geräusche klangen nahe, während nahe Geräusche so klangen, als würden sie aus weiter Entfernung zu einem dringen.

Gemächlich näherte sich das Schiff und schon bald waren größere Teile zu sehen, bis es schließlich so nah war, dass man nicht nur die mächtige Gallionsfigur am Bug erkannte, sondern auch den Jolly Roger –die Piratenflagge mit Totenschädel und zwei gekreuzten Knochen- die in der frischen Brise am Heck wehte. Ein Freibeuterschiff.

Es war gut dreißig Meter lang und hatte zwanzig Kanonen. Die Segel waren reichlich zerschlissen und die Takelage arg beschädigt. Auf dem Oberdeck steht ein Mann mit ledernem Dreispitz-Hut, einem Papagei auf der Schulter und einer Klappe, die das fehlende Auge abdeckt, das er bei einem Gefecht gegen die spanischen Konquistadoren verlor. Er war grau schwarz gekleidet, wobei sein Mantel bis zu den Knien reichte und ab der Hüfte leicht ausgestellt war. Die Ärmelaufschläge waren breit und mit einer silbernen Borte verziert. Sein Gürtel hatte eine auffällige silberne Schnalle und hielt mehrere Klingen, Messer und Pistolen grifffest.

Am überdimensional großem Steuerrad der Rudergänger mit schwarz-rot gestreifter Hose, weißem Hemd und Weste. Im fehlte die rechte Hand, an deren blutigen Stumpf sich ein Haken befand. Neben ihm ein weiterer düster wirkender Freibeuter mit hölzernem Beim. Seine bis zum Knie ausgefranzte Hose und sein zerrissenen Hemd, ließ ihn wüst erscheinen. Es sind Piraten, die Schiffe angreifen, die Besatzung über Bord schmeißen, es ausrauben und dann zur nächsten Kaperung segeln. Diese teuflischen Erscheinungen, die zum Inbegriff des Piraten wurden, lassen einem vor Ehrfurcht zittern.

»Ach, darüber könnte ich ja glatt ein Buch schreiben«, rutschte mir plötzlich über die Lippen und wie wahr, wenn man in dieses mystische Phänomen eintaucht, das geheimnisvoll und aufregend zugleich ist.

Langsam öffnete ich wieder die Augen und bemerkte, dass der Nebel sich allmählich auflöste. Die Sonne fing an über den Horizont zu scheinen und ließ die Morgenstimmung verschwinden. Ich setzte mich an meinen Laptop und nach gut einer Stunde kam der ersehnte Moment, wo ich die letzten Zeilen schrieb. Das Buch war vollendete und fing ich an es zu überarbeiten, letzte Änderungen zu vollziehen, einzelne Phasen stilistisch auszubessern und es für die Veröffentlichung vorzubereiten. Danach sandte ich es an meinen Verleger.

Die Sonne schien zwischenzeitlich in ihrer ganzen Pracht und spendete eine angenehme Wärme. Zufrieden mit meiner Arbeit nahm ich mir zwei Schokoriegel mit Karamell, Erdnüssen und weißem Nougat aus dem Schrank, setzte ich mich wieder auf dem Balkon und dachte über mein nächstes Buch nach.

Vielleicht eine Tiergeschichte. Eine Geschichte von dem Regenwurm Emil, der sich hinter den Wurzeln einer Prachtspiere versteckt, um den Heißhunger eines Maulwurfes zu entgehen oder über Hermann das Krokodil, dass ein Vogel sieht und denkt, das Futter sei so nah und doch nicht erreichbar. Könnte auch über die Ringeltaube Alma schreiben, die sich mit anderen Artgenossen zusammenrottete und in der Fußgängerzone den Restmüll er wegwerforientierten Gesellschaft vertilgt.

Herzhaft biss ich von dem Riegel ab, als plötzlich das Telefon klingelte. Es klingelt immer zu unverhofften Zeiten, entweder man hat den Mund voll, sitzt auf dem Klo oder ist gerade beim Blumenpflanzen und hat seine Hände bis zum Ellenbogen in der Erde. Selbst Postboten kennen diese unpassenden Momente ganz genau, klingeln wenn man unter der Dusche steht, nur um ein Päckchen für den Nachbarn abzugeben. Und wenn die Pizza im Ofen fertig ist, kommen meistens die Handwerker, die bereits vor zwei Stunden schon kommen sollten.

Ich nahm den Hörer ab und am anderen Ende war mein Verleger.

»Ich habe das Manuskript erhalten, kurz überflogen und an unseren Lektor weitergegeben. Aber deswegen ruf ich nicht an. Eine Filmgesellschaft ist an uns herangetreten und will die Rechte aus ihrem Bestsellerroman erwerben.«

»Wow«, sprach ich erstaunt.

»Für Montag habe ich hier im Büro einen Termin anberaumt und möchte dass sie an dem Gespräch teilnehmen.«

»Okay, muss ich was besonders beachten?«

»Nein! Die Verhandlung wird im Beisein eines unserer Rechtsanwälte von mir geführt. Selbstverständlich werden wir unsere Vorgaben vorher absprechen, um einen angemessenen Weg zu finden, das Werk anzubieten.«

»Und wer schreibt das Buch in ein Drehbuch um?«

»Mit dem Drehbuchauftrag haben wir nichts zu tun, dass ist Sache der Filmgesellschaft. Ich werde die Option einfach auf eine gewisse Zeit begrenzen. Innerhalb dieser Zeit müssen die sich um das Drehbuch kümmern und um die Verfilmung der Geschichte.«

»Gut«, antwortete ich. »Wann soll ich am Montag bei ihnen erscheinen?«

»Na so eine halbe Stunde vorher bitte. Dann können wir noch klären, inwieweit die Figuren verändert werden dürfen und ob es nur im Kino oder nur im TV gesendet werden darf, naja und noch ein paar andere Dinge.«

»Was für Figuren meinen sie da, die verändert werden sollen?«

»Das machen die Filmleute zu gerne, um einen langen Roman auf neunzig Minuten zu kürzen. Aber darüber sprechen wir noch, welche Figuren verändert werden dürfen und welche Figuren nicht. Ich sehe sie dann am Montag.«

»Ja bis Montag.«

Ich hängte auf und dachte "Boah", mein Buch wird verfilmt. Es war ein dramatisch aufregender Moment; ein Moment der Andacht, der Vernunft, der durch meinen Körper schoss, ein Moment der von nun an mein Leben bestimmen wird. Momente des Glücks traten auf, die ich nicht alleine teilen wollte.

Die Stimme meiner verstorbenen Frau meldete sich in meinen Gedanken:

»Da hast du einfach heimlich einen Bestseller geschrieben und nun soll er auch noch verfilmt werden?«

»Ja, das wird eine darstellende Kunst werden.«

»Dein Verleger meint wohl eher, dass von einem Bestseller erwartet wird, dass er sich auch an der Kinokasse auszahlt.«

»Filme ziehen das Publikum für rund anderthalb Stunden an und wenn die Technik, das Szenenbild, die schauspielerische Leistung gut aufgebaut ist, dann klimpert es nicht nur in der Kinokasse sondern auch auf einem Konto.«

»Und wann kann ich dich auf dem roten Teppich der Berlinale sehen oder bei den Filmfestspielen in Cannes oder Venedig?«

»Hä, hä, hä, träum weiter. Erst muss das Drehbuch geschrieben und Schauspieler verpflichtet werden, die die Handlung charakterisieren. Dann wird er erst produziert, anschließend geschnitten und über den Verleih ins Kino gebracht. Finden die Zuschauer dann den Film scheiße, macht sich das in den Einspielergebnissen bemerkbar. Der Film gilt dann als Flop und nichts mit rotem Teppich.«

Der Montag kam und ich war äußerst nervös und wirr, war innerlich aufgeregt und freudig zu gleich, zappelig wie ein kleines Kind, könnte über aufgespannte Regenschirme hüfen und mit der Schaukel einen Überschlag machen. Es war heute kein gewöhnlicher Tag, es war der Tag wo über die Verfilmung meines Buches gesprochen wird, wo man über talentierte Schauspieler fachsimpelt, die durch ihre Leistungen die Emotionen meines Buches hervorrufen sollen. Meistens sind es große Idole, die von ihren Fans geradezu vergöttert werden. Wenn sie es nach ganz oben schaffen, verdienen sie sogar richtig viel Geld.

Eigentlich wäre ich auch gerne Schauspieler geworden, aber die Karriere ist sehr beschwerlich. Man muss Talent haben, die Vorteile einer Schauspielschule nutzen, diverse Castings durchlaufen, sich bei Studentenfilmen, TV Produktionen und richtigen Filmproduktionen bewerben, möglichst noch mit Demo-Tape. Am besten sich noch in einer Kartei einer betreffenden Agentur aufnehmen lassen, die einem ein professionelles Image verschaffen und warten, bis man von einem Produzenten entdeckt wird. Neben Selbstvertrauen, Durchhaltevermögen, Talent und Disziplin braucht man vor allem großes Glück, denn nur fünf Prozent der Schauspieler können gut von ihrem Beruf leben. So bin ich doch eigentlich froh, einen anderen Beruf erlernt zu haben und mich heute mit dem Schreiben von Büchern beschäftige.

Rechtzeitig war ich bei meinem Verleger, sprachen noch einige Einzelheiten ab und gingen dann ins Konferenzzimmer. Es war ein sehr prunkvoll eingerichteter Raum, der so groß war, dass man erst mal ein paar Schritte laufen musste, um die Konferenztische zu erreichen. An den Seiten überall buschige Pflanzen in aufwendig hergestellten Gefäßen aus handgeflochtenem Hanf. Dazwischen wuchtige Büsten auf steinigen Säulen, ein stilvolles Attribut für ein Großunternehmen.

Möbel waren aus edlen Materialen, mit perfektem Design und in Topausführungen. Sie trugen den Wunsch nach Individualität und Qualität Rechnung. Die elliptische Bootsform des Tisches hatte Platz für zwanzig Personen. In der Mitte eine transluzente Glasplatte auf der, gekühlte Getränke standen, wie Wasser, Brause, Cola, Orangen- und Apfelsaft. An der Wand ein Teewagen mit Kaffee in Thermoskannen, sowie Tassen, Löffel, Zucker und Milch.

Mit leichter Verspätung betraten drei Männer und eine Frau von der Filmgesellschaft den Konferenzraum wobei einer davon murmelte, dass man nie einen Parkplatz bekommt, wenn man einen sucht. In Wirklichkeit sind es hochqualifizierte Manager, die der Meinung sind, Pünktlichkeit sei mega-out und Unpünktlichkeit sei cool und würde damit eine gewisse Wichtigkeit ausdrücken.

Durch persönliche Worte, wie "Wie geht's ihnen", "Was macht das Geschäft" und dem herzzerreißenden Hinweis, das man gar keine Zeit mehr hätte zu Golfen, wurde erst mal eine entspannte Atmosphäre geschaffen.

Dann ging das eigentliche Gespräch los und ich verstand kein einziges Wort, was hier gefachsimpelt wurde, nickte nur wenn andere nickten und studierte aufmerksam die Gesten der Anwesenden. Es war wie der Kampf zweier Tyrannen, die Auseinandersetzung zwischen Buch und Film. Wörter wurden bewertet und Begriffe etabliert, Referenzen in ihrem Sinne beschrieben, viel Zeit investiert für die Benennungen von Erscheinungen. Meist führten solche Worte zu einem gegenteiligen Entschluss. Es ist wie die Frage "Hast du zugenommen", was das Ende einer Diät bedeuten kann.

»Es bedarf einer umfangreichen Bearbeitung des literarischen Werkes, um es für einen Film zu inszenieren, dass ist mit hohen Kosten verbunden.«

»Wir werden uns trotzdem nicht mit einem Tantiemen bezogenen Verkauf der Rechte über sieben Jahre einverstanden erklären.«

»Ja aber bei der von ihnen vorgeschlagen Summe, würden die Filmrechte unser Budget weit überschreiten.«

»Wir würden sogar die Option auf achtzehn Monate erweitern.«

»Mit Verlängerung, wenn die Option abläuft und der Firm noch nicht gedreht ist?«

»Das geht leider nicht«, antwortete mein Verleger. »Wenn die Option abgelaufen ist, müssen wir der Verfilmung jemanden anders zur Verfügung stellen.«

»Sie haben noch einen weiteren Interessenten?«

»Ja!«

»Und darf man fragen wen?«

»Das Unternehmen möchte noch nicht genannt werden, dass werden sie sicherlich verstehen«, mischte sich unser Rechtsanwalt ein.

Wow, der spielte mit harten Bandagen, versuchte zu bluffen, den Gegner zum eigenen Vorteil zu verwirren. Anwälte sind immer die wichtigste Waffe, wenn es um derartige Vertragsbesprechungen geht, die mit viel Geld zu tun haben. Sie sollen allein schon durch ihre Anwesenheit dem Gegner ein fundiertes Fachwissen vorspielen, damit es schnell zu einer gütlichen Einigung kommt.

»Es ist uns unmöglich, für die Filmrechte einen so hohen Preis zu zahlen. Da müssen wir uns was anderes einfallen lassen.«

»Ich weiß gar nicht was sie wollen. Wir räumen ihnen hier die Exklusivrechte für die nächsten achtzehn Monate ein, akzeptieren das Kürzen, beziehungsweise das Zusammenfassen einiger Handlungsstränge und unser Autor erklärt sich bereit, ihnen die vollständige Bearbeitung des Drehbuches zu überlassen.«

»Wir Adaptieren das Buch und sie verzichten auf das Mitspracherecht an dem Skript?«

»Korrekt! Aber ein Exemplar stellen sie uns bitte nach Fertigstellung zur Verfügung.«

Ich schaute auf die Uhr. Zwei Stunden sind inzwischen vergangen und nun scheint es so, als würde die Verhandlung endlich ihrem Ende zugehen. Der Protokollführerin, die die ganze Zeit dafür verantwortlich war das Gespräch aufzuzeichnen, wurden noch einige nachtragende Worte des Rechtsanwaltes diktiert. Sie hat die gleiche Funktion wie ein Unfalldatenspeicher im Auto, der über die Vorgänge bei einem Unfall genauestens Auskunft geben soll.

Dann stand der Filmproduzent auf, kam zu mir und legte seinen Arm um meine Schulter. Eine sehr kumpelhafte Geste, dachte ich mir. Dann fing er an zu reden:

»Eine schwierige Geburt, aber sie können mit dem Ergebnis zufrieden sein. Wissen sie, wenn man in einem Buch schreibt "Ich bin traurig", dann wirkt es oberflächlich. In einem Film dagegen, kann man die Gefühle dieser Worte an den Gesichtsausdrücken der Schauspieler ablesen.«

»Das stimmt, entgegnete ich ihm. »Aber man kann es auch in Bücher so formulieren, dass sich der Leser mit geschlossenen Augen die Situation vorstellen kann. Hinzu kommt, dass er die Buchgeschichte jederzeit unterbrechen kann, um sie später weiter zu lesen. Ein Film hingegen läuft durchweg neunzig Minuten.«

»Das mag ihre Meinung sein, aber die Kunst der Bearbeitung eines Buches für den Film besteht darin, den Inhalt der Vorlage den technischen und strukturellen Erfordernissen anzupassen, ohne das Original im Wesentlichen zu verändern. Das ist eine große Herausforderung und verlangt viel Wissen und Fingerspitzengefühl. Die Qualität des Drehbuches ist entscheidend für den Erfolg oder Misserfolg einer Verfilmung.«

Daraufhin verabschiedete er sich und verschwand mit seinem Gefolge.

»Filmfritzen sind immer etwas hochnäsig«, sprach mein Verleger. »Aber wir haben einen ganz guten Vertrag gemacht. Immerhin eine beachtliche Summe für sie. Die entsprechenden Verträge werden wir ihnen zusenden, sobald sie von der Filmgesellschaft unterschrieben sind.«

Wow, dachte ich, jetzt wird doch tatsächlich mein Buch verfilmt und dafür erhalte ich noch Geld, viel Geld. Was ist das für ein schöner Tag heute.

8. Geld ruft Gefühle wie Stolz hervor

Ich fuhr nach Hause, kochte mir einen Kaffee und setzte mich ins Wohnzimmer. Das Gefühl des Reichtums überkam mich, das Wohlhabend sein, das viele Geld das auf mich zukommen wird, viele hübsche bunte Scheinchen. Dazu noch die Margen durch den Buchverkauf, die Vorauszahlungen bei Neuerscheinungen, der Verkauf von Merchandising-Artikel. Doch eigentlich hat Reichtum nichts mit Geld zu tun. Wenn ich so in meinen Becher hineinschaue, dann ist eine Tasse Kaffee teurer als ein Glas Wasser. Aber was von den beiden ist wertvoller.

Ist Reichtum nicht lieben zu können, die Zufriedenheit mit sich selbst, die innere Fülle, die Geborgenheit, Gesundheit, ein Dach über den Kopf zu haben, fließendes Wasser und Strom, mit dem Fluss zu leben und nicht mit dem Überfluss?

Wieder kreisten meine Gedanken um meine verstorbene Frau und es ist schwer davon loszukommen. Ich fühlte mich auf einmal Arm, mittellos, bedürftig. Worte wie:

»Fehle ich dir«, schwirrten durch meinen Kopf.

»Ja sehr! Es sind wieder diese Momente, wo ich nach dir greifen möchte, um dich zu umarmen, das neu erworbene Glück mit dir zu teilen.«

»Wer sein Leben mit Menschen teilt, die er liebt, wird sein Glück verdoppeln.«

»Eigentlich ein blöder Spruch, denn wenn ich ein Stück Papier durchreiße, dann hab ich es auch verdoppelt. Dennoch würde ich gerne mein Erfolg mit dir teilen, aber du bist nicht da.«

»Ich bin doch da, oder mit wem redest du?«

»Ja fiktiv, aber leider nicht real. Wenn ich so ernsthaft darüber nachdenke, ob mich das alles hier glücklich macht, so muss ich es allerdings verneinen, weil ich niemanden habe, mit dem ich das alles teilen kann. Es ist, als wenn die berühmte gute Fee vorbei kam, mir einen Wunsch erfüllte und -plink!- ich nun Reich bin, anstatt arm zu bleiben und den Wunsch zu äußern, dich an meiner Seite zu wissen.«

»Ich bin doch ständig an deiner Seite.«

»Das weiß ich ja, weil ich es auch so will. Weil du mich dann mit Wärme umhüllt. Aber es sind nur Gedanken, auch wenn sie sich meistens schon auf halben Weg kreuzen.«

Es musste schon eine ganz besondere Verbindung zwischen uns bestanden haben, denn wir oft hatten wir die gleichen Gedankengänge, wie oft passiere es, dass wir in den unmöglichsten Momenten plötzlich aneinander denken mussten und wie oft packte uns eine Sehnsucht nach der anderen. Das machte mich einfach nur glücklich, diese kleinen Momente des Glücks alleine mit ihr zu teilen. Sie war einfach etwas Besonderes für mich.

Jeden Tag schaute ich mir mindestens einmal ihr Bild an, um den Anblick ihrer Schönheit immer wieder in meinen Gedanken zu verschließen.

»Was machst du mit dem vielen Geld,« hörte ich im Geiste wieder ihre Worte.

»Weiß nicht, vielleicht ein Haus kaufen mit einem riesengroßen Gemälde von dir im Flur.«

»Ein Gemälde von mir?«

»Ja, so eins, dass aussieht als würden sich die Augen bewegen, wenn man daran vorbei geht.«

»Meinst du die anderen Leute werden darüber nachdenken, wer da auf dem Bild ist? Nein, jeder wird nur kurz hinsehen und dann weiter gehen, wenn überhaupt.«

»Es geht nicht um andere, das Bild ist für mich. Es soll mich an unsere gemeinsame Zeit erinnern, dass einzige was mir geblieben ist. Das Gemälde soll der Beweis dafür sein, dass wir uns geliebt hatten und du für mich eine bildliche Erinnerung bist.«

»Ich glaube nicht, dass du ein Gemälde von mir aufhängen wirst.«

»Ich werde eins aufhängen.«

»Glaub ich nicht!«

»Warte einfach ab.«

Ich fühlte mich besessen ein Haus zu kaufen und bereits am nächsten Tag schaute ich mir die Immobilien in der Zeitung an, staunte nicht schlecht, was für luxuriöse Anwesen zum verkauf standen, teils mit atemberaubender Architektur, teils mit riesigen Ländereien. Doch die Preisvorstellungen versetzten mich fast in Ohnmacht. Dann ging ich zu meiner Hausbank, um mich über eine eventuelle Finanzierung zu informieren.

»Die Banken tun sich schwer mit Hypotheken für Freiberufler. Dazu gehört auch unsere Bank, leider.«

»Das heißt«, fragte ich.

»Nun es gibt gewisse Voraussetzungen, die erfüllt sein müssen. So muss die freiberufliche Tätigkeit in der Regel mindestens schon drei Jahre bestehen und es müssen durchweg positive Einkünfte erzielt worden sein.«

»Meine Einkünfte können sie ja auf ihren Bildschirm sehen. Regelmäßig fließen Überweisungen auf mein Konto.«

»Das sehe ich, aber die sind sehr sporadisch. Es ist nicht wie bei einem Arbeitnehmer oder Beamten, dem regelmäßig zum Monatsende eine gleichbleibende Summe überwiesen wird. Außerdem kommt es darauf an was finanziert werden soll. Bei Anlageimmobilien gelten indes besondere Anforderungen hinsichtlich des Einkommens. Allerdings kann man auch Ausnahmen machen, wenn nur maximal sechzig Prozent des Immobilienwertes finanziert werden soll.«

»Es sollte ein Haus werden, das ich selber bewohnen will.«

»Gut dann sollten sie mindestens über zwanzig Prozent Eigenkapital verfügen und womöglich auch die Erwerbsnebenkosten selber bezahlen können.«

»Das sollte kein Problem werden. Ich erwarte eine größere Summe durch den Verkauf der Filmrechte aus eines meiner Bücher.«

»Dann sollte dem nichts in Wege stehen. Haben sie ein bestimmtes Objekt im Auge?«

»Noch nicht! Wollte mich erst mal erkundigen wie es mit einer Finanzierung ist, bevor ich mich auf die Suche begebe. Was können sie mir noch hinsichtlich einer Finanzierung empfehlen?«

»Wir raten unseren Kunden immer eine möglichst lange Sollzinsbindung, sowie eine möglichst flexible Tilgungsmodalität zu wählen. Damit bleibt die Finanzierung auch bei Gewinneinbußen bezahlbar und verhindert, dass sie sich beispielweise in zehn Jahren nach einer Umfinanzierung umsehen müssen.«

Ich fühlte mich gut beraten und war soweit motiviert, nach einem Eigenheim zu streben. Meine Finanzierungsmöglichkeit war bemerkenswert hoch und so wusste ich in welchem Rahmen ich mich bewegen konnte. Selbst die monatliche Belastung war bei vollständiger Ausschöpfung meines Kreditrahmens erträglich.

Wesentliches Kriterium der Kreditwürdigkeit bei einer Finanzierung soll angeblich das Eigenkapital sein. Es ist wie eine Selbstbeteiligung, wodurch das Risiko einer Bank minimiert wird, falls ein Objekt in eine Zwangsversteigerung gerät und die zu erwirtschaftenden Immobilienpreise in den Keller gefallen sind.

Die nächsten Tage verliefen normal. Ich schrieb an einem neuen Buch über die Dokumentation eines jungen Lebens, wie es eigentlich nicht sein sollte. Den Vertrag über die Filmrechte hatte ich bereits erhalten und präsentierte es wie ein Gemälde, indem ich es rahmte und im Flur an die Wand hängte.

Monate später kam die Überweisung, der Film wurde fertiggestellt und eine Premiere anberaumt. Bedeutende Leute waren anwesend, Regisseure, Produzenten, Drehbuch-Autoren, Schauspieler, mein Verleger und auch ich. Der Filmproduzent eröffnet seine Rede:

»Die Monate harter Arbeit und akribischer Planung gipfelten sich. Von der Drehbuchentwicklung über die Projektentwicklung, die Finanzierung und Kalkulation, die Produktion bis hin zur Fertigstellung ist nun der Herstellungsprozess beendet.«

In so einer Rede beeinflusst nicht das Fachwissen das Ergebnis, sondern die persönliche Schmeichelei gegenüber den Menschen, von denen man sich in Zukunft noch viele Vorteile verspricht. Strategie solcher Redner ist es auf keinen Fall anmerken zu lassen, dass die Arbeit scheiße war, sondern lieber zu verstehen geben, wie einzigartig die Fähigkeiten waren und dass niemand sonst die schwierige Aufgabe hätte verrichten können.

Ich schaute mir stattdessen das Buffet an und staunte nicht schlecht. Es gab Mini-Tramezzini – kleine Sandwiches, Schinken-Canapés, Cocktailtomaten mit Mozzarella, Thunfisch-Pizzette – kleine Pizzen, Erdbeer-Kiwi-Sandwiches, Avocado-Mousse mit Bündner Fleisch, Roastbeef-Röllchen mit Möhrencreme, Ziegenkäse-Canapés, Sesamfische mit Graved Lachs, Vanille-Himbeer-Törtchen, Grüner Cappuccino, Knusperauberginen mit Joghurtdip, Birnen-Gorgonzola-Muffins, Kastanien-Quiches mit Zucchini, Lebkuchen-Tiramisu mit Weißweinäpfeln und, und, und.

Während alle dem Redner zuhörten, blieb ich dicht am Buffet stehen und bediente mich immer wieder an den Canapés. Sie waren lecker, diese kleinen Schnittchen und der einzige Trost für mich, hier zu sein.

Als dann endlich die Rede zu Ende ging und sich alle hinterlistig auf das kalte Buffet stürzten, nahm ich die Gelegenheit war, mich heimlich aus der Herrschaft der globalen Elite zu entfernen. Ich fühlte mich nicht ganz wohl in dieser Gesellschaft, die einerseits aus geldfreundlichen Leuten mit Stadtwohnung und Landhaus bestehen und anderseits aus Superbossen mit Penthouse in New York, Wohnung in London und Anwesen in Deutschland.

Am den darauffolgenden Tagen fing ich erst mal an, intensiver nach meinem neuen Zuhause zu suchen. Die Angebote waren riesig, die Preise auch. Das Angebot regelt die Nachfrage, die Nachfrage wiederum den Preis. Doch irgendwann werden die ersten Anzeichen einer Krise in der Baubranche kommen, nicht heute, vielleicht aber schon morgen. Spätestens dann, wenn der Verkauf von Immobilien stagniert und die Nachfrage zurückgeht, dann werden die Immobilienpreise wieder nach unten getrieben und für jeden erschwinglich sein.

Ich suchte nach einer provisionsfreien Immobilie, nach einer privat inserierten Bleibe, denn irgendwie missfällt es mir einen Makler zu beauftragen, der einen Haufen Geld verdient ohne richtig was zu tun.

Einige dieser Immobilienverkäufer bedienen sich auch gerne der Unwahrheit, eine pragmatische Anwendungsform der menschlichen Phantasie, die aus Feigheit, Eigennutz und Gewinnschöpfung angewandt wird. So werden Objekte in den Himmel gehoben, wo das Regenwasser schon aus der Steckdose rieselt und daumendicke Risse sich in den Wänden befinden. Oft kommt noch eine beschissene Lage hinzu, wo versehentlich die Schnellstraße vor der Haustür vergessen wurde zu erwähnen.

9. Mein Bank, mein Auto, mein Haus

Eines Tages kam ich an einem Haus vorbei, mit weißer Klinkerfassade, bodentiefen Fenstern, mit Walmdach, Trapezgauben und angebauter Doppelgarage. Der Portalzugang und die Garagenzufahrt waren in hellgrauen Granit gepflastert. Ein Mann war gerade damit beschäftigt einen Immobilien-Galgen aufzustellen mit einem Verkaufsschild auf dem mit fetten und großen Buchstaben "Zu Verkaufen" stand.

Sofort hielt ich an, um einen Termin mit dem Eigentümer für eine Besichtigung zu vereinbaren, bevor andere Interessenten das Schild wahrnehmen. Ich parkte mein Fahrzeug gleich neben dem Grundstück und ging auf das Haus zu. Ein sehr gepflegtes Besitztum, nicht riesengroß, aber ausreichend für mich. Kugelförmige Buchsbäume auf Stamm säumten den Weg, gepflanzt in einem mit weißem Kiesel gefülltem Beet.

Ich klingelte. Nach einigen Sekunden, ging die Tür auf und der Hausherr stand davor.

»Entschuldigen sie, wenn ich sie störe. Ich habe vorne an der Straße einem Schild entnommen, dass sie das Haus verkaufen wollen.«

»Ja richtig. Aber so schnell hatte ich damit nicht gerechnet. Haben sie Interesse daran?«

»Schon, ist nur eine Frage des Preises.«

»Kommen sie doch rein.«

Der Flur war schön rechteckig mit einer Treppe, die nicht nur nach oben sondern auch in ein Untergeschoss führte. Einen Keller also, Räume für die Waschmaschine, der Heizung und Gerümpel, das nirgendwo anders platz gefunden hat. Eine einzige Wand im Flur war groß genug, sie als Stellfläche zu benutzen. Der ideale Platz für das noch anzufertigende Gemälde.

»Ich sehe hier eine einzige nutzbare Wand. Normalerweise müsste sich an der eigentlich ein Heizkörper befinden.«

»Fußbodenheizung«, erwähnte der Eigentümer, »Fußbodenheizung.«

»A-h-a, Fußbodenheizung.«

Das Wohnzimmer war großzügig geschnitten, mit einer kompletten Glasfront zum Garten. Die Küche, eine freistehenden Küche amerikanischer Art, mit hellen schleiflackierten Möbelfronten und Tresen mit Barhocker. Im oberen Stockwerk, ein geräumiges Schafzimmer mit direkten Badezimmerzugang sowie ein Gästezimmer, dass sich hervorragend als Arbeitszimmer einrichten lässt.

»Sagen sie, kenne ich sie nicht irgendwoher,« sprach der Hausherr während unseres Rundganges durch Haus zu mir.

Ich sah ihn an, begutachtete sein Gesicht und überlegte. Doch ich kann mich beim besten Willen nicht entsinnen, ihn irgendwie mal gesehen oder gesprochen zu haben. So nickte ich ab und sagte:

»Nicht das ich wüsste.«

»Doch, irgendwie kommt mir ihr Gesicht bekannt vor.«

»Ich hoffe im positiven Sinne. Nicht das mein Ebenbild ihnen noch was schuldig ist und ich dafür nun bluten muss,« versuchte ich neckisch zu wirken.

»Nein, nein das nicht, aber irgendwie …, habe ich sie schon mal gesehen.« Dabei erhob er seinen Zeigefinger und pendelte ihn leicht hin und her.

Als wir die Treppe wieder hinunter gingen, ging augenblicklich auch die Haustür auf und seine Frau kam herein. In Ehrfurcht blieb sie stehen und es dauerte einige Sekunden, bis sie sich gefasst hatte und bemerkte:

»Sie sind doch der Schriftsteller.«

Wenn man als Schriftsteller betitelt wird, dann geht man davon aus, dass man sich auf die Kunst des Schreibens versteht und dass die Werke von anderen gelesen werden. Ich war demzufolge erstaunt, dass mein Bekanntheitsgrad bereits so weit vorgedrungen war.

»Äääh«, sagte ich daraufhin. »Manche sagen zwar ich sei ein Schriftsteller, weil ich Bücher schreibe, andere wiederum meinen ich sei ein Geistesakrobat, weil ich mit dem Füller denken kann.«

Daraufhin entsann sich auch der Mann, pendelte wieder mit dem Zeigefinger von oben nach unten, was eher einer Drohung gleichzusetzen war und sprach:

»Richtig, ich wusste doch dass ich sie kenne. Wir hatten sie mal auf einer Buchpräsentation gesehen.«

Er ging ins Wohnzimmer, wir folgen ihm. Am Bücherschrank ließ er seine Augen von einer Bücherreihe zu anderen wandern und meinte:

»Wir haben auch ein Buch mit einer Widmung von Ihnen. Meine Frau war ganz hin und weg von ihnen, als sie nach einem Autogramm fragte. Ah, hier hab ich es, sehen sie: "Für Catharina mit den besten

Wünschen" und Catharina mit C und th, da bestand meine Frau immer drauf.«

»Wow,« sagte ich daraufhin, war erstaunt darüber, dass es doch tatsächlich Frauen sind, die umgehend in eine Buchhandlung ihres Vertrauens rennen, um sich ein Exemplar meines Gedankenmülls zu sichern.

»Sie sind einer der Lieblingsautoren meiner Frau. Sie schwärmt so von ihnen, dass ich schon fast eifersüchtig werde.«

»Bin ich ihnen also doch was schuldig und muss nun bluten?«

»Nein das war nur Spaß. Aber meine Frau kennt, ich glaub ihre Bücher schon in- und auswendig.«

»Das höre ich gerne. einen solchen treuen Leser möchte ich ein Geschenk mache.«

Ich ging zum Auto und holte ein Exemplar meines neuesten Büches heraus, das gerade gestern erst veröffentlicht wurde. Ich habe immer ein paar Exemplare im Auto, um in Situationen wie diese, anderen eine Freude zu bereiten. Ich signierte es schnell noch mit: "Für Catharina, viel Spaß am Lesen" und gab es ihr.

Es war ein sehr aufschlussreicher Tag, wie ein Promi behandelt zu werden, Bücher zu signieren und über neue Manuskripte zu sprechen. Eine sehr vertrauliche Atmosphäre bot sich, mit Kaffee und sogar Kuchen. Nachdem ich viel aus meinem Schulranzen geplaudert hatte, sprachen wir dann auch endlich mal über das Haus. Er hatte es für seinen Sohn gebaut. Doch eines Tages ist sein Sohn Hals über Kopf wegen einer Frau nach Südamerika ausgewandert, hat Möbel, Geschirr und Klamotten alles zurückgelassen. Zwischenzeitlich lebt er zwei Jahre da und hat ein gutlaufendes Bauunternehmen aufgebaut.

Der Eigentümer selbst besitzt eine Villa mit riesigem Anwesen und bezeichnet dieses Haus mehr oder weniger als ein Klotz am Bein. Da seine Villa von Grund auf renoviert wurde, wollte er währendes dieses Haus solange bewohnen. Die Renovierungsarbeiten sind zwischenzeitlich fast abgeschlossen und einem Zurückzug in die Villa ist für nächste Woche geplant. So drückte ich nochmals mein Interesse aus, erhielt eine preisliche Vorstellung und bekam auch die Bereitwilligkeit, eine Möglichkeit zu finden, den Makler zu umgehen.

Vierzehn Tage später trafen wir uns in seiner Villa und da der Maklervertrag zwischenzeitlich von einem Alleinauftrag in einen einfachen Auftrag geändert wurde, konnten weitere Verhandlungen vorgenommen werden.

Schon an der Tür empfang er mich wie sein Filius, als wenn wir uns schon sehr lange kannten. Auch seine Frau umarmte mich, als wenn ich ihr Bübchen wär, naja vielleicht ihr wesentlich jüngerer Bruder.

Diese persönliche Stimmung, das Ambiente, die Ausstrahlung, das Flair war einfach wundervoll. Wir hatten an dem Abend viel getrunken, unsere Bruderschaft besiegelt und ich weiß nicht wie oft wir uns gegenseitig durch die Armbeuge gegriffen hatten, um mit den Gläsern anzustoßen. Ich war zum fahren nicht mehr fähig und blieb über Nacht in eines deren Gästezimmer.

Durch das Klingeln meines Handys wurde ich aus dem Schlaf gerissen. Ich versuchte es zu ignorieren, doch das ging nicht. Es hallte in meinem Kopf weiter, verursachte schreckliche Kopfschmerzen und ich nahm mir abrupt vor, mich vom Alkoholkonsum in Zukunft fern zu halten. Es klingelte weiter, ich drehte mich um, wollte danach greifen, doch dann verstummte es.

Langsam setze ich mich aufrecht und ich spürte, wie mein Kopf brummte, als hätte ich gestern versucht mit dem Kopf durch die Wand zu kommen und mein Blutdruck hätte eine Pressluftflasche vor Neid erblassen lassen.

Ich versuchte mich an den gestrigen Abend zu erinnern, wo versucht wurde mit alkoholbedingten Lallen und klarem Gestotter das goldenen Maß der Restverständlichkeit zu finden, was im polizeilichen Protokollen als Synonym für Sturzbetrunken bezeichnet wird.

Es klopfte an der Tür. Ich rief:

»Herein.«

Vorsichtig ging die Tür auf und ein Kopf schob sich hinein. Es war Catharina die Hausherrin.

»Guten morgen, Frühstück ist in fünfzehn Minuten fertig. Kommst du?«

»Ja ich mach mich nur schnell noch ein wenig frisch, dann komm ich runter.«

Im Badezimmer schaute ich in den Spiegel und ein schmerzliches Spannungsverhältnis beim Betrachten dessen, was er zeigte, entstand. Ich gähnte ihn an und sofort beschlug er sich, ließ nur noch einen trüben Blick zu, sodass ich mit dem Finger einen Smiley auf die Scheibe malen konnte.

»Morgenstund ist eben aller Laster Anfang,« rief ich meinem Spiegelbild zu.

Als ich runter ankam, saßen beide bereits am Esszimmertisch und warteten. Ich setzte mich und während Catharina mir Kaffee einschenkte, bewunderte ich den reichhaltig gedeckten Frühstückstisch.

»Ich hab den Vorvertrag soweit fertig gemacht und unterschrieben,« sprach der Hausherr, dessen Vorname mir plötzlich beim besten Willen nicht mehr einfiel.

»Wenn es soweit Ok ist für dich, dann kannst du ihn gegenzeichnen und ich werde ihn dann durch meinen Notar beglaubigen lassen.«

Er reichte mir die Dokumente über den Tisch und während ich an meinem knackigen mit Marmelade geschmierten Brötchen abbiss, überflog ich den Vertrag. Bei der Kaufsumme verharrte mein Blick. Er war wesentlich niedriger als erwartet, als die Summe an der ich mich noch erinnerte, die wir aushandelten. Wenn es sich um einen Schreibfehler handelt, konnte ich aus dieser Situation erheblichen Vorteil erlangen. Die zu finanzierende Summe wäre niedriger, die monatliche Belastung erträglicher und allein wenn ich das Haus morgen wieder verkaufen würde, wäre der Wiederverkaufswert mit einem passablen Gewinn verbunden.

»Da vertut sich jemand ganz offensichtlich und du willst wirklich die Leute bescheißen, die dich so nett in ihrem Haus aufgenommen haben,« hörte ich meine innere Stimme fragen.

»Nun die Vorteile liegen klar auf der Hand. Ich kann eine ganze Menge Geld sparen.«

»Kannst du das auch mit deinem Gewissen vereinbaren? Es setzt Intellekt, Weitsicht, Einsicht, Umsicht, Mitgefühl, Gerechtigkeitssinn und Rücksicht voraus. Kannst du das alles ausschließen?«

»Hm …, ich glaub, nicht wirklich.«

»Dann mach es auch nicht. Weise mit einem Schmunzeln auf den Fehler hin, wie jeder Mensch es machen würde, der nur einen Funken Anstand besitzt.«

Es stimmt, man sollte nicht die Schwächen anderer ausnutzen und schon gar nicht dessen Fehler zu seinem Vorteil anwenden. So wies ich auf die veränderte Summe hin und mit einem lächelnden Gesicht entgegnete er mir:

»Wir hatten nochmal nachverhandelt und ich muss als Unternehmer sagen, du bist ein Verhandlungspartner mit Nervenstärke und Hartnäckigkeit, der sich zudem noch am Rande moralischer Grenzen bewegt. Meine Frau hatte mich dann schließlich dazu bewegt, klein bei zu geben.«

»Wow, da kann ich mich gar nicht mehr daran erinnern.«

»Ne wir waren da auch schon in einer berauschenden Stimmung. Aber das ist soweit Okay. Wir wissen dass das Haus bei dir in guten Händen ist und ich hoffe, dass wir uns öfters mal sehen.«

»Das ist doch selbstverständlich. Spätestens wenn das Haus eingerichtet ist, lade ich dann zu einem Umtrunk ein.«

Ich unterschrieb den Vorvertrag und fuhr nach dem Frühstück nach Hause. Zwei Woche später trafen wir uns alle beim Notar und mir wurde eine beglaubigte Abschrift des Vertrages ausgehändigt. Der Finanzierung lag nichts im Wege, da die zu finanzierende Summe weit unter dem Verkehrswert lag und so erhielt ich das alleinige Herrschaftsrecht eines Einfamilienhauses.

Ich kündigte meine Wohnung und zog schnell in mein neues Haus. Für das Wohnzimmer gönnte ich mir eine neue Garnitur, eine hochwertige helle Ledergarnitur mit klappbaren Armlehnen und glänzenden Metallfüssen, dazu passend eine Esszimmergarnitur mit entsprechend hellem Lederbezogenen Stühlen und ebenfalls glänzenden Metallbeinen. Vor der kompletten Fensterfront ließ ich bodenlange

Gardinen, in der gleichen Farbe nähen. Ich bewunderte die maßgeschneiderten und farblich genau passenden Vorhänge, als sich mal wieder die Stimme meiner Frau meldete:

»Was sollen die neuen Gardinen?«

»Passen besser zur Garnitur.«

»Und warum eine neue Garnitur?«

»Na die alte war nicht mehr so ganz aktuell. Außerdem weißt du doch, dass ich Wert auf eine geschmackvolle Inneneinrichtung lege, auf eine harmonische Gestaltung der Räume und auf Behagen ausstrahlende Zimmeraccessoires. Im Wohnzimmer verbringt man schließlich die meiste Zeit. Früher hattest du das alles gemacht, jetzt muss ich alles selber machen. Aber ich habe von dir gelernt.«

»Und was soll die Decke auf dem Sofa?«

»Falls ich mal ein Nickerchen machen möchte.«

»Aber das ist doch ein Wohnzimmer und kein Schlafzimmer.«

»Na und.«

»Du hast doch eben selber erwähnt, dass du auf eine harmonische Gestaltung der Räume wert legst. Stell dir mal vor, es kommt jemand überraschend zu Besuch und da liegt zerwühlt eine Decke und zerknautscht das Kissen. Das Wohnzimmer ist immer noch der Spiegel der Seele.«

»Das sind Kleinigkeiten, da muss man nicht so penibel sein. Ich hätte ja auch einen Mann mit einem französischen Akzent engagieren können, den ich ausreichend Geld in die Hand drücke und ich solange Golf spielen gehe, bis er mit der Raumausstattung fertig ist.«

»Du bist blöd.«

»Danke.«

»Weißt du was?

»Ne.«

»Eigentlich passen die Vorhänge doch ganz gut zu der Garnitur.«

»Das freut mich, erwähnte ich.«

»Aber die Wolldecke nicht.«

Frauen haben in der Regel immer das letzte Wort, denn nach dem Motto eines dem griechischen Epiker Choirilos von Samos zugeschriebenen Fragment "Stetiger Tropfen höhlt den Stein", wurden diese wehrhaften Strategien von einer Frauengeneration zu anderen weitergegeben.

10. Erfolg ist eine Reise und kein Ziel

Ich wohnte nun schon ein viertel Jahr in meinem neuen Haus, hab eine riesige berauschende Einweihungsparty gegeben, mit lieben Freunden, Nachbarn und natürlich auch Catharina mit ihrem Mann, zu denen sich immer mehr eine Freundschaft entwickelte.

Eine Haushälterin hatte ich mir angeschafft. Eine Frau, die mehrmals in der Woche kommt, meine Wäsche wäscht, bügelt, abwäscht und die Wohnung reinigt, Fenster putzt und aufräumt. Immer öfters fing sie auch an, mir was zu kochen. Sie liebte es, neue Rezepte auszuprobieren. Meistens aßen wir die Gerichte dann zusammen, tranken dabei ein Glas Wein und plauderten über Kochrezepte & Co.

Immer öfters studierte auch ich die Rezepte in den Zeitungen, doch manche Rezepte sind schwer von anderen Artikeln zu unterscheiden, besonders dann, wenn es um Gurkenmaske und Orangenhaut geht.

Da meine Haushälterin Alleinstehend war, keine Kinder hatte und Zuhause von sonst niemanden erwartet wird, bleibt sie gelegentlich auch länger, besonders dann, wenn man sich in anmutige Gespräche verstrickt hatte. Es ist eine kumpelhafte

Beziehung zwischen Arbeitnehmer und Arbeitgeber entstanden, die ich sehr befürwortete. Jeder von uns weiß auch, dass die Beziehung auf gegenseitigen Respekt beruht und nicht weiter intensiviert wird.

Es klingelte an der Tür, als ich wieder mal mit den Gedanken bei meiner Frau war und lautstark über die Anlegung eines Teiches diskutierte. Wir hatten uns früher immer über Neuanschaffungen beraten, um alternativen aufzuzeichnen, die eventuell sinnvoller erschienen.

Ich öffnete und mein Freund Marc stand davor.

»Na führst du wieder Selbstgespräche«, fragte er.

»Wie kommst du denn darauf.«

»Na ich hatte dich doch eben reden gehört, oder hast du Besuch?«

»Kein Besuch, nur eine kleine Meinungsverschiedenheit mit meiner Seelenverwandten.«

Erstaunt sah er mich mit einem etwas skeptischen, fragwürdigen Blick an, der es unglaubwürdig erschienen ließ, dass man sich mit Verstorbenen unterhalten kann. Nun, meine verstorbene Frau taucht oft in meinen Gedanken auf und es ist schön ihre unverwechselbare Stimme zu hören. Ich habe soooo viel Zeit, sagte sie immer, so unendlich viel Zeit und das ist einfach toll. Kein Stress, kein Druck, keine Anspannung mehr, kein Körper mit Krankheiten und Schmerzen. Es ist alles beschaulicher geworden.

Marc und ich saßen um Wohnzimmer und sprachen über die letzten politischen Ereignisse der deutschen Wirtschaft. Die Haustür wurde aufgeschlossen und meine Haushälterin kam herein. Sie schaute kurz ins Wohnzimmer, sagte Hallo und verschwand in der Küche.

»Komm lass uns ein Bierchen im Dorfkrug trinken, damit meine Haushälterin ungestört arbeiten kann. Irgendwie habe ich heute sowieso ein Brett vorm Kopf,« sprach ich zu Marc.

Hierbei handelt es sich nicht um ein auf ein individuelles Bedürfnis angestimmtes Brett, welches in jeden x-beliebigen Baumarkt zu erwerben ist, was die Lernform eines Menschen und die geistige Horizonterweiterung behindert. Nein es ist nur ein symbolisches Brett, dass mich hindert in die unendlichen Tiefen meines Unterbewusstseins einzutauchen und meine Fantasie und Kreativität beim schreiben eines Buches freien Lauf zu lassen.

Auf dem Weg in den Dorfkrug fragte Marc mich:

»Sag mal, hast du was mit deiner Haushälterin?«

»Wie kommst du denn darauf?«

»Na ich finde, sie ist in der letzten Zeit verhältnismäßig lange bei dir.«

»Och weiß du, sie ist ein armes Ding. Ihr Mann hat sie sitzen lassen mit einen Haufen Schulden, wofür sie gebürgt hatte. Ihre Freunde haben sich von ihr abgewandt, weil ihr Noch-Mann irgendwelche Lügen über sie erzählte und selbst die Familie wünscht nicht unbedingt, von ihr besucht zu werden.«

»Armes Ding.«

»Ja das ist sie.«

»Sie sieht ja verdammt gut aus und altermäßig passt ihr doch gut zusammen,« bemerkte Marc.

»Hallo, komm mal nicht auf blöde Gedanken. Sie ist meine Haushälterin und nichts anderes. Ich mag sie so als Frau, man kann sich gut mit ihr unterhalten und gut kochen kann sie auch, aber mehr ist nicht drin.«

»Ich mein ja nur so. Du bist alleine, sie ist alleine, dass passt doch. Oder?«

»N-e-i-n,« sprach ich sehr energisch.

Im Dorfkrug saß ich auf einen unbequemen Hocker und nachdem ich vier Bier getrunken hatte, starte ich nur noch mein leeres Glas an. Eigentlich mag ich gar keine leeren Gläser, deshalb erhob ich die Hand und gebe mit einer kurzen Geste zu verstehen, dass ich noch ein Bier möchte.

»Irgendwie fühle ich mich ausgelaugt und kaputt,« erwähnte ich immer noch auf mein leeres Glas blickend.

»Vielleicht solltest du Urlaub machen, einfach mal abschalten, dich entspannen, andere Länder und Leute sehen, Ferien vom ich machen und die Seele mal baumeln lassen, einfach mal keinen Fingern zu rühren.«

»Ja, das wäre eine gute Idee. Am liebsten gleich morgen, besser noch heute.«

»Warum nicht, lass uns morgen fliegen.«

»Wir«, fragte ich.

»Ja, ich muss auch mal ein paar Tage raus. Im Betrieb ist im Moment nicht viel los, das kann mein Kompagnon auch alleine schaffen.«

Er schaute auf seine Uhr, verglich sie mit der Uhr, die sich an der Wand hinter dem Tresen befand und sprach weiter:

»Meine Schwester sitzt noch im Reisebüro, die kann mal was für uns heraussuchen.«

Er rief an und währendes stellte mir die Barkeeperin ein neues frisch gezapftes Bier auf meinen Deckel. Mit einer Handbewegung, die wie ein unkontrolliertes Muskelzucken aussah, bedanke ich mich.

Eine halbe Stunde später, rief Marc seine Schwester zurück und berichtete über freie Plätze in einem fünf Sterne Hotel an der türkischen Rivera, das ab übermorgen frei wäre.

»Buchen!, rief Marc in den Hörer und legte anschließen auf.

»Tja«, sprach er weiter »Wer die Möglichkeit hat, zu jeder Zeit in den Urlaub fahren zu können, profitiert natürlich von den Restplätzen die übrig geblieben sind und von Frühbuchern, die aus verschiedenen Gründen ihre Reise nicht antreten konnten. Das nennt sich dann Last Minute und je länger man wartet, desto größer ist die Einsparmöglichkeit. Eine Woche Türkei, Abflug übermorgen, Papier erhalten wir am Flughafenschalter.«

»Wow«, sprach ich und war innerlich erfreut, einen Freund zu haben, der Wünsche sofort in die Realität umsetzt; der nicht lange fackelt, sondern sofort handelt, nicht zögert, keine Umstände macht, kurz entschlossen vorgeht und nicht lange überlegt.

Am nächsten Tag plagte mich erst mal das schlechte Gewissen, das ich mich immer noch nicht um das Gemälde gekümmert hatte, was ich doch so inständig versprach. So saß ich mal wieder vor meinem Laptop und informierte mich im Internet, wer für derartige arbeiten prädestiniert sei.

Über das World Wide Web kann man alles bestellen und bequem nach Hause liefern lassen. Virtuelles Einkaufen mit reeller Bezahlung, Telebanking machen, Auskünfte einholen, Kundendienste anfordern, Produkte suchen und Preise vergleichen, der Computer macht es möglich. Schnell wurde ich fündig, postete einige Fotos meiner Frau rüber und gab sogleich den Auftrag zum Erstellen eines überdimensionalen Bildes, einschließlich einer farblich zur Flureinrichtung fassenden Rahmung. Danach packte ich meine Reisetasche, um am darauffolgenden Tag in die Türkei fliegen zu können.

Entspannte Tage lagen vor mir und es tat gut, den Körper zu verwöhnen. Jeden zweiten Tag begab ich mich in ein türkisches Dampfbad, um von einem Tellak gewaschen zu werden. Dazu nahm er einen Baumwollsack, seifte diesen ein und durch das Schwenken durch die Luft trat Schaum heraus, den er dann auf meinen Körper streifte.

Auch das Verweilen unter Palmen, Feigen- und Orangenbäumen, die üppig mit Früchten behangen waren, wirkten sehr entspannend auf mich. Genauso wie der Blick auf das glasklare Meer, in den an seichten Stellen jeder Stein auf dem Meeresboden zu sehen war, sowie die Lichtreflexe, die das tiefere Meer türkisgrün bis tiefblau erschienen ließ.

Wir mieteten uns einen Jeep und unsere Exkursion trieb uns durch diverse Dörfer, wo Autos und Kühlschränke nicht selbstverständlich waren, wo Frauen den Tag bei harter Feldarbeit verbringen und Teestuben noch reine Männerdomänen sind. Wir fuhren durch Bergpisten und verursachten eine Staubwolke nach der anderen, die wie Atompilze aufstiegen und die ganze Gegend verdunkelten.

»Was hältst du vom Tauchen,« fragte ich.

»Ist ne feine Sache, wollte ich früher schon mal machen, aber die Ausrüstung ist so teuer. Maske, Schnorchel, Flossen, Druckflaschen, Atemregler, Tiefenmesser, Kompass, Tauchermesser, Taschenlampe und Neoprenanzug kosten zusammen eine Stange Geld,« antwortete Marc.

»Ich hatte nicht vor den Kram zu kaufen, ich wollte es mir ausleihen und ein Boot mit Führer gleich mit.«

»Wow, die Idee ist gut.«

So charterte ich ein Boot mit einem Skipper und lieh mir die entsprechenden Komplettausrüstungen. Schon am nächsten Tag fuhren wir hinaus in verschwiegene Buchten. Hier tauchten ein in eine Unterwasserwelt aus Land, Tiefsee, Flachwasser, Riffen und Buchten und bewunderten den typischen Bewuchs von Algen und Korallen. Fliegend oder schwebend tauchten wir in eine komplett neue Welt ein, die sich so sehr von unserer unterscheidet wie der Weltraum. Beeindruckend die vielen Fischschwärme, die in schillernden Farben sich neugierig uns näherten.

Es ist ein imposantes Erlebnis zu tauchen, diese Ruhe, diese Entspanntheit, dieser Nervenkitzel, der Abbau jeglicher Stresssituationen.

»Daran könnte ich mich gewöhnen,« bestaunte ich im Anschluss unseren Tauchgang. »Vielleicht sollte man sich doch so eine Ausrüstung anschaffen.«

»Kostenaufwändige Sache,« bemerkte Marc.

»Wozu verdient man viel Geld, wenn man sich damit nicht neue Hobbys anschaffen kann.«

»Das schon, aber wo willst du Zuhause tauchen? In der Badeanstalt? Im Rückhaltebecken der Gemeinde? Oder im Gartenteich? Mal eben für eine Stunde tauchen ans Mittelmeer fliegen oder gar zu den Bahamas oder Malediven, ist nicht so. Da kommt dann wieder die Planung ins Spiel und dann ist es doch bestimmt zweckmäßiger sich lieber vor Ort eine Ausrüstung auszuleihen.«

Eigentlich hatte er ja Recht. Es ist die Euphorie des neu entdeckten, der besondere Luxus es besitzen zu wollen, obwohl man es gar nicht braucht. Wie das Kind, das sich im Supermarkt vor allen Kunden auf den Boden wirft und anfängt zu schreien, weil es den Lolli nicht bekommt. Somit schob ich den Gedanken zunächst einmal fort.

Bei einem Spaziergang am Strand, musste ich feststellen, dass immer mehr Deutsche ihre Strandliegen und Sonnenschirme mit zahlreichen Touristen mit englischsprachigem Akzent teilen müssten. Das erfreute mich in Bezug auf meine Bücher, die ja zwischenzeitlich ins englische übersetzt wurden, schließlich ist die Anzahl der englisch Sprechenden wesentlich höher als die, die der deutschen Sprache mächtig sind.

Nach einer Woche war ich wieder zu Hause, fühlte mich erholt und war zu neunen Schadtaten bereit. Ich fing an ein neues Buch zu verfassen.

Eine Woche später hielt das klingeln an der Haustür mich von meiner Arbeit ab. Der Kurierdienst brachte das fertige Bild. Es war in reichlich Luftpolsterfolie eingepackt, um es vor Beschädigungen zu schützen. Eine zweischichte Folie mit vielen kleinen Noppen, die der Größe nach gerade Mal zwischen zwei Fingern passen und beim zusammen drücken eine angenehme Lautstärke beim Platzen verursacht. Es ist schon fast eine Sucht, sowas in der Hand zu halten und es erfordert gerade Mal einen minimalen körperlichen Aufwand, hier seiner Zerstörungswut nachzukommen, die allerdings keine schlimmen Konsequenzen hinterlässt.

Schon als Kind möchten wir das Schauspiel, als wir die weißen Kugeln der Schneebeeren freudig auf den harten Boden warfen, damit sie platzen. Meine Oma hatte immer gesagt, dass es Knallerbsen sind.

Ich holte Nagel, Hammer, Zollstock und Wasserwaage aus dem Keller, maß den Abstand der Aufhängungen ab, schlug die

Nägel in die Wand und hängte das Bild auf. Es ist schön geworden und es ist tatsächlich so, dass die Augen mich bei meinen Bewegungen verfolgten.

»Das Bild hängt schief«, hörte ich die vertraute Stimme meiner Frau sagen.

»Wirklich?«

»Ja!«

Ich legte die Wasserwaage auf den oberen Rand des Bildes und eine minimale Abweichung der Libelle zwischen den Begrenzungsanzeigen war zu erkennen.

»Ooh,« sagte ich zu mir und klopfte den Nagel auf einer Seite ein wenig nach unten.

»Wer soll das denn sein?«

»Das bist du bei unserem ersten Urlaub in Dänemark. Erkennst du dich nicht?«

»Hm, ich finde ich sehe blöd aus. Meine Haare sind zerzaust.«

»Quatsch, von was sollen die zerzaust sein. Kein bisschen Wind war am dem Tag.«

»Ich finde zu Hause im Spiegel sehe ich immer viel besser aus.«

»Das ist ja auch kein Wunder, da hast du schmeichelndes Licht und kannst so lange an deinen Haaren herumzupfen, bis sie dir gefallen.«

»Ja und steh ich in der Bahnhoftoilette vor dem Spiegel, sehe ich wieder scheiße aus.«

»Für mich siehst du immer schön aus, morgens sowie abends, auf der Bahnhofstoilette sowie im häuslichen Badezimmer.«

11. Es war wie eine Überraschungsadoption

Es kam der Wonnemonat Mai und mein Geburtstag stand bevor. Da es mir finanziell sehr gut ging, wollte ich ihn dieses Jahr groß feiern. Dazu hatte ich einen Partyservice beauftragt, der von der Anfertigung, über die Lieferung bis hin zum Service alles organisiert; der sogar für ein gewisses Quantum an Bedienungspersonal sorgen sollte.

Rechtzeitig kam der Lieferwagen an und bereitete alles vor. Für eine lockere Atmosphäre wurden Stehtische mit Barhocker gestellt, eine Cocktailbar mit Barkeeper und den entsprechenden Getränken, sowie für die Gaumenfreunden ein Koch, der unter anderem dafür zuständig war das Spanferkel zu sezieren.

Eine Vier-Mann-Combo mit Hits aus den sechziger, siebziger und achtziger Jahren sorgte für eine musikalische Untermalung. Die Musik sollte aber nicht zu laut sein, damit sich auch Gespräche führen lassen. Zum Tanzen eignete sich die Terrasse.

Ich hatte Freunde, Bekannte, Nachbarn, meinen Steuerberater, meine Rechtsanwalt, Catharina mit ihrem Mann, sowie Vertreter meines Verlages und auch die Filmproduzenten eingeladen. Alle kamen sie mit ihren Ehefrauen. Eine wohlgelaunte Stimmung ergab sich und auch ich war frohgestimmt, wenn nicht das Blitzgewitter durch die Hecke mich immer wieder nervte.

Paparazzi hatten Wind von meiner Party bekommen und erfahren, dass hochdotierte Manager und Produzenten sich unter meinen Gästen befanden. Sie verteidigen ihre Arbeit mit dem Begriff der Pressefreiheit, obwohl sie unrechtmäßig in die Privatsphäre anderer eindringen.

Die Party war im vollen Gange und durch die richtige Musikmischung von Schlagern und Rock Klassiker aus der Schulzeit, von Ohrwürmern und anderen merkfähigen Musikstücken, wurde die Feier zu einem gelungenen Abend. Viele Gäste kamen ihrer Tanzlust nach, besonders die weiblichen, die miteinander tanzten. Sie lieben diese Art der Rudelbildung, gemeinsam zu rhythmischen Körperoptimierungsprogrammen zu neigen, sich in der Existenzliga von Zalando aufzuhalten und den Toilettensynchrongang zu optimieren.

Die Musik spielt softe Lieder, es ist angenehm warm und ich beobachte meine Gäste. Eine Frau flüstert einer anderen Frau etwas ins Ohr, für mich unverständlich. Doch durch die Mimik und der Mundbewegung vermutete ich mal das fragende Wort:

»Klo?«

Nach kurzer Überlegung kam die Antwort:

»Muss ich? Ein bisschen vielleicht. Egal, ich gehe mit.«

Es muss ein genetisch bedingtes Verhaltensmuster sein, das sie immer wieder mit einer Freundin gemeinsam aufs Klo gehen, wo sie unbeobachtet von der männlichen Gesellschaft ihre geheimen Probleme diskutieren können wie:

»Hast du da den geilen Typen gesehen?«

»Meinst den Typ, der mich die ganze Zeit so komisch angetanzt hatte?«

Oder einfach mal unter sich zu sein, einen Tampon auszuleihen, die Schminke der Freundin zu benutzen und einfach mal Ruhe von den Männern zu haben. Eine geheimnisvolle Kraft, die schon im jungen Alter dazu beitrug, nie alleine aufs Klo zu gehen.

Es wurde zwar viel getrunken, doch keiner trat in das Reich der lallenden Zungen ein. Spät in der Nacht, zu vorgerückter Stunde ging dann auch der letzte Gast. Ich ließ alles stehen und liegen und machte mich auch zu Bett.

Rechtzeitig am nächsten Morgen kam der Partyservice, räumte alles weg und säuberte den Außenbereich. Eine Reinigungsaktion, die selbst das Fegen der Terrasse beinhaltete.

Eine Stunde später kam auch meine Haushälterin. Sie nahm erst mal eine Grundreinigung der Räume vor, die als Ort der Sinnlichkeit und Entspannung gelten, nämlich das Gästeklo und das Badezimmer. Es sind die Räume, die man am Tag als erstes und als letztes besucht und bei der Anzahl der Gäste, sind Spuren unvermeidlich.

Gegen Nachmittag war alles wieder perfekt sauber und komplett aufgeräumt, dass man jederzeit wieder unangemeldet jeden Besuch reinlassen könnte.

Da meine Haushälterin ab morgen die nächsten Tage ausblieb, weil sie für eine Woche in den bayrischen Wald fährt, hatte ich sie zum Essen eingeladen, um mich für ihre bisherige Mühe zu bedanken und mich auf ein Widersehen zu freuen. Danach fuhren wir noch ein bisschen mit meinem Cabrio umher, bis ich sie dann schließlich zu Hause absetzte.

Als ich am darauffolgenden Tag nach einer Vorlesung nach Hause kam, war es bereits dunkel. Straßenlaternen beleuchteten die Fußwege und die Fahrbahnen. In den Wohnungen strahlte die

Helligkeit durch die Fenster; Ampeln wechselten schnell von Grün auf Rot, besonders dann, wenn man ihnen näher kam. Geschäfte ließen ihre Leuchtreklame erleuchten und die wenigen Autos mit ihren Scheinwerferlichtern, die noch umherschweiften, fingen an mich zu blenden.

Abseits der Hauptstraße fuhr ich in den Nebengasse, verlangsamte mein Tempo und fuhr auf meine Hofeinfahrt. Das Licht schaltete sich nicht ein, keines der Außenlampen leuchtete, die mit einem elektronischen Sensor verbunden waren, um Bewegungen auf meinem Grundstück zu erkennen. Möglichweise ein defekt in der Stromversorgung, muss morgen erst mal den Elektriker anrufen.

Ich nahm die Fernbedienung aus meinem Handschuhfach, öffnete das Garagentor, fuhr hinein, schalte den Motor ab und stieg aus. Während ich mit einer Hand die Fernbedienung wieder zum schließen des Garagentores benutzte, tastete ich mit der anderen Hand nach dem Lichtschalter. Langsam und lautlos bewegte sich das Tor abwärts. Während ich das Licht einschaltete, bemerkte ich im Augenwinkel, dass sich jemand schnell noch unter das senkende Tor drängte.

»Hände hoch«, hörte ich die Person sagen.

Ruhig und bedachtsam drehte ich mich um und sah plötzlich in den Lauf eines Revolvers den mir ein Mann entgegen hielt. Er war gut ein Kopf kürzer als ich, trug eine schwarze Hose, ein schwarzes Hemd mit einer schwarz/weiß gestreiften Krawatte und eine ebenfalls schwarze Lederjacke, mit vielen abgewetzten Stellen. Er hatte ein Gesicht wie ein Steinbruch, Pergamentfarbige Lederhaut, braune Schildkrötenaugen und eine asymmetrisch geformte Nase, die violett bis schwarz verfärbt war.

Neben ihm stand ein größerer Mann. Mit seinem langen Pferdegesicht und dem Grinsen ohne die Zähne zu zeigen, hätte man in fast für Stan Laurel halten können, wenn nicht die melonenförmige Kopfbedeckung gefehlt hätte. Auch er war dunkel gekleidet, allerdings mit Hosen, dessen Beine ein wenig zu kurz waren.

»Umdrehen,« befahl der kleiner Mann.

»Ich hab mich doch schon umgedreht,« bemerkte ich etwas provokant.

»Sei nicht so frech, sonst pusten wir dir das Gehirn aus dem Schädel,« hörte ich ihn sagen.

Es gibt Tage, da hat man einfach Pech und wird von zwei solche Idioten überfallen, die ihr Vokabular aus einem Gangsterfilm haben. Langsam drehte ich mich wieder um. Plötzlich erhielt ich einen Schlag auf dem Kopf und wurde Ohnmächtig. Gedanken umkreisten mich. Ist das jetzt mein Ende? Ich habe doch noch kein Testament gemacht, aber das –glaub ich- ist auch nicht nötig. Es gibt niemanden, der sich für mich wirklich interessiert. Ein sizilianische Sprichwort besagt: Wenn man Geld hat, lebt man glücklich. Wenn man es nicht hat, verliert man seine Freunde.

Erinnerungen an meine Kindheit stiegen auf, an eine Zeit wo Geldscheine noch ein Gesicht hatten und der Betrag noch in Worten stand, wo das Fünf-Mark Stück liebevoll als Heiermann bezeichnet wurde, wo das Buntgeld hauptsächlich in Spardosen landete, das Silbergeld hingegen es nie dort hin schaffte.

Baumhäuser hatten wir uns damals gebaut direkt an Tannen, die sich stark zu Boden neigten, wenn der Wind anfing uns wie ein wildes Pferd zu schaukeln. Es war der besondere Kick, der uns zu solchen Tollkühnheiten animierte.

Zuhause erzählte Oma immer grausame Geschichten, wie zum Beispiel Spinat zu essen.

»Er ist gesund,« sagte sie immer, »da ist viel Eisen drin.«

Quatsch, in Spinat war gar kein Eisen drin, das konnte ich ihr mit Hilfe eines Magnetes beweisen.

Dann sah ich meine verstorbene Frau als kleines Mädchen, mit Zöpfen und Zahnspange. Wir spielten zusammen vor unserem Haus und ich fing an mich in sie zu verlieben, ohne jemals die Bedeutung der Liebe zu kennen. Ich hoffte, dass es nichts auf der Welt geben wird, was uns trennen könnte. Hand in Hand gingen wir jeden Weg gemeinsam, wollten keine Sekunden voneinander getrennt sein, wünschten, dass wir uns niemals aus den Augen verlieren würden.

»Seht ihr die beiden da, das ist ein Liebespaar,« rief man uns hinterher und wir wurden rot dabei. Wir waren noch sehr jung, unsere Gedanken frei. Auch wenn uns die Welt noch fremd war, so waren wir im Herzen schon damals für einander bestimmt.

»Wenn ich groß bin, dann werde ich dich heiraten,« hatte sie immer gesagt.

»Und wenn ich das nicht will,« schwenkte ich ab.

»Dann sag ich das meiner Schwester und die kommt dann und hilft mir.«

»Ja und wenn deine Schwester das auch nicht will?«

»Dann sag ich das Mama und Papa!«

»Und wenn die das auch nicht wollen?«

»Dann gehe ich zu Oma und Opa …,«

Als ich wach wurde, saß ich auf einem Stuhl und hatte das Gefühl, als wenn in meinem Kopf eine Kathedrale gebaut wurde um die jetzt Vögel herum flatterten. Ich versuchte zu realisieren, was mir passierte, bemerkte jedoch dass meine Hände gefesselt waren. Mit aller Kraft probierte ich, die Stricke zu zerreißen, doch ich schaffte es nicht. Sie schnürten sich nur tiefer in meine Handgelenke.

Dabei stand ich auf und erst nach ein paar Sekunden, hatte ich mein Gleichgewicht wieder gefunden. Mein Kopf schmerzte und ich hatte das Gefühl, eine Brüsche am Hinterkopf zu haben so groß wie ein Entenei.

Grübelnd stand ich da, schaute mich um. Es war düster, nur die Helligkeit des Mondes schien durch ein kleines schmales von außen vergittertes Fenster. Ein Kellerfenster. Feuchter modriger Geruch stieg mir in die

Nase, ein typischer Mief, für einen schlecht belüfteten Kellerraum.

Unter der Tür sehe ich einen schmalen Lichtstreifen, offensichtlich sind noch andere in der Nähe. Ich habe keine Angst, bin eigentlich recht entspannt. Vielleicht liegt es auch daran, dass, wenn sie mich erschießen und ich in den Himmel komme, vielleicht meine verstorbene Frau wiedersehen werde. Eigentlich habe ich mit meinem Leben abgeschlossen, wäre also jetzt die Möglichkeit zu versuchen, einen coolen Abgang zu machen.

Mit gefesselten Händen ging ich schnurstracks zur Tür, klopfe erst ganz zaghaft mit dem Fuß dagegen, dann etwas heftiger und schließlich mit voller kraft.

»Lass mich hier raus,« schrie ich. »Los, lass mich hier raus ihr Sausäcke.«

In diesem ungünstigen Zeitpunkt meldete sich plötzlich meine Blase zu Wort und ein leichter schmerzlicher Druck im Unterleib begann. Um meiner Bitte Nachdruck zu verleihen stieß ich weiterhin mit dem Fuß gegen die Tür und wiederholte meine Bitte:

»Ich habe gesagt ihr sollst mich hier rauslassen, ich muss mal.«

Während ich auf eine Antwort wartete, merke ich dass meine Finger sich taub anfühlten und ich beschließe meine Bitte etwas dringlicher zu wiederholen.

»Los ihr Idioten, macht endlich die Tür auf und bindet mich los. Ich muss dringend auf Klo und wenn ihr nicht gleich herkommt, dann pinkele ich durch in die Hose auf den Fußboden und ihr könnt dann den Schieß selber wegfeudeln.«

Ich legte mein Ohr wieder an die Tür und auf einmal erklangen Stimmen, redeten durcheinander, doch konnte ich die Worte nicht verstehen.

»Ey ihr Arschlöcher hört mich denn keiner, schrie ich und trat nochmals kräftig gegen die Tür.«

Dann waren Schritte zu hören, Schritte, die immer näher kamen. Langsam, ganz sachte ohne Geräusche ging die Tür einen Spalt auf. Reflexartig schloss ich die Augen und wartete, bis sie sich an die Helligkeit gewöhnt hatten. Der Mann mit dem Pferdegesicht stand mit vorgehaltener Pistole vor mir.

»Los beeil dich,« sprach er und forderte mich mit dem Schwenken seiner Waffe zum gehen auf.

Die Toilette befand sich oben im Flur. Es schien ein Einfamilienhaus zu sein, ein altes Einfamilienhaus, mit Fußbodendielen die knarrten, Eingänge mit Kastenschlösser, Kassettentüren mit Glaseinsatze und die Toiletten mit Hochspülkasten und Kette.

»Und wie soll ich ihn rauskriegen,« fragte ich und schaute dabei an meine Körper herunter. Daraufhin schnitt er mir die Stricke durch.

»Die Tür bleibt auf,« sprach der Lange und drückte die Tür seitwärts wieder auf, als ich versuchte sie zu schließen.

»Ich mag es aber nicht, wenn man mich beim Pinkeln beobachtet.«

»Das muss ich, nicht das du abhaust.«

»Wo soll ich hier abhauen, ich sehe keine Fenster hier im Klo. Du kannst die Tür ruhig anlehnen und hörst trotzdem noch das zischende und fließende Geräusch, wenn ich pinkeln tue,« erklärte ich mit genervter Stimme.

Er ließ die Tür los und sie neigte sich langsam zu schließen. Nachdem ich mein Geschäft erledigt hatte, fragte ich:

»Was wollt ihr eigentlich von mir? Mein Geld?«

Der Lange ignoriert meine Frage und schwenkte lieber den Revolver in seiner Hand immer wieder an seinem Körper vorbei. Eine Aufforderung zum Gehen. Ich spielte mit den Gedanken wegzulaufen, doch angesichts der Unkenntnis, wo ich war und der Erkenntnis ein Revolver in meinem Rücken zu spüren, war es ein fadenscheiniges Unterfangen. Ohne wiederstand zu leisten folgte ich den Anweisungen und stand wieder vor der Kellertür.

»Es ist schrecklich ungemütlich darin,« protestierte ich, als der Lange die Tür öffnete.

»Halts Maul, befahl er mir. Mach dass du darein kommst und setz dich dahin, damit ich dich wieder fesseln kann.«

»Und was ist, wenn ich mich weigere?«

Als Antwort erhielt ich einen Stoß und landete auf dem Fußboden. Noch bevor ich reagieren konnte, griff er mich am Kragen und setzte mich auf den Stuhl. Dann wurde die Tür wieder verschlossen. Ich hörte nur noch, wie er sich schlurfend fortbewegte und nach geraumer Zeit auch das Licht erlosch. Er hatte mich nicht wieder gefesselt, war es ein Versehen oder Absicht. Ahnungslos über das was hier geschieht, sitze ich da und versuche meine Gedanken zu ordnen.

Ich bemühe mich aufzustehen und spüre zugleich, wie mein Kopf wieder zu schmerzen beginnt. Mit was haben die mir nur auf den Schädel geschlagen, dachte ich mir und strich dabei über die Enteneigroße Beule. Dabei schaute ich mich im Raum um und sah in der Ecke ein ausgelutschtes Sofa. Ich setzte mich drauf und sank verhältnismäßig tief ein. Die Sprungfedern waren bis auf letzte ausgeleiert, falls überhaupt welche drin waren. Erschöpft legte mich lang hin, versuche zu schlafen, doch es ist nicht möglich. Mein Kopf schmerzte als hätte ich Bekanntschaft mit Regina Halmich gemacht.

Schon als Kind wurde mir eingebläut, wenn man nicht schlafen kann, soll man Schafe zählen und so schloss ich meine Augen und sah eine riese Weide mit Schafen vor mir. Unzählige Male fing ich an zu zählen, doch jedes Mal sprangen die flauschigen, wuscheligen Wollknäuel über Nachbars Zaun und verkrochen sich im Unterholz. Auch die Änderung meiner Taktik, nur weiße zu zählen, oder nur schwarze, brachte nicht den erhofften Erfolg. Erst als ich mich um die Lämmer kümmerte und das dreiundzwanzigste zu sehen bekam, schlief ich ein.

12. Im Keller, feucht und modrig

Als ich morgens wach wurde, taten mir alle Knochen weh. Es war schon unbequem die ganze Nacht auf diesem ausgelatschten Sofa zu liegen. Ich streckte meine Beine aus, die über Nacht fast abgestorben sind, recke mich nach allen Seiten und erhob mich. Einige Augenblicke stand ich da, dann gaben plötzlich meine Beine nach und ich fiel auf den Boden.

Erst als ich anfing meine Waden zu massieren, spürte ich, wie das Blut langsam in meine Beine zurück strömte. Zu kribbeln fingen sie an, als wenn tausend laufende Ameisen sie belagerten. Ein Gefühl, als würde man jeden einzelnen Zeh mit viel Feingefühl in die Steckdose einführen. Nur Langsam klang die Taubheit ab und ich konnte mich wieder aufrecht hinstellen.

Während ich mir den Staub von den Klamotten klopfte, öffnete sich die Tür und das Licht vom Flur bahnte sich den Weg zu mir. Ich kniff die Augen bis auf einen Schlitz zu, sah die Konturen zweier Männer, als wenn Schatten auf eine beleuchtete Fläche geworfen wurden. Langsam passten sich meine Augen an das gleißendes Licht an und ich erkannte die beiden Gangster, die vor mir standen. Sie sahen etwas fruchteinflößender aus, als gestern.

»Los zurück«, sagte der kleinere und fuchtelte mit seiner Knarre hin und her. Der Lange kam hinterher und stellte ein Tablett mit einer Tüte von McDonalds auf den Tisch.

»Dein Frühstück,« sprach der Mann mit dem Pferdegesicht. »Ich hoffe du magst simple Hamburger. Was anderes gibt es nicht.«

»Meine Henkersmahlzeit,« fragte ich.

»Halt die Klappe,« entgegnete mir der kleinere Mann.

»Nur mal rein faustisch gefragt,« erwähnte ich. »Was wollt ihr von mir?«

»Das wirst du schon früh genug merken, wenn der Boss kommt.«

»Und wann kommt der Boss?«

»Gegen Mittag, frag nicht so dumm und halt die Klappe.«

»Ich hätte da noch eine Sache. Könnte ich eventuell ein anderes Zimmer bekommen, so eins mit einem vernünftigen Bett, einem Bad oder einer Dusche vielleicht.«

»Ja, aber natürlich. Du bekommst sogar ein Zimmer mit Ausblick, mit Wellnessoase,

Swimmingpool und zwei Mädchen, die dir beim baden zusehen.«

Ich ignorierte den spöttischen Unterton dieses Stan Laurel Verschnitts und bohrte weiter:

»Naja so im feuchten Keller zu sein, ist nicht gerade gut für mein Asthma.« Ich hatte zwar kein Asthma, wollte aber prüfen, ob die sich von mir unter Druck setzen lassen würden.

»Wenn du damit Probleme hast, können wir dich auch an einen Stuhl binden und mitten im Wald aussetzen. Es gibt Länder auf der Welt, wo Menschen überglücklich wären, wenn sie ein Dach über den Kopf hätten und eine funktionierende Wasserversorgung,« erklärte mir der Kleine.

Ich nickte nachdenklich und erwiderte:

»Ich glaube aber kaum, dass es irgendwo ein Land auf der Welt gibt, wo die Menschen davon träumen entführt zu werden.«

Der Kleine schließt seine Augen, atmete tief durch und erklärte nochmals:

»Das ist mir scheißegal, was du denkst. Du wurdest entführt und bist am Arsch der Welt. Finde dich damit ab.«

Daraufhin verschwanden die beiden. Ich ging zum Tisch öffnete die Tüte und holte raus, was alles drin war. Zwei Hamburger, eine Tüte Pommes Frites und ein Kaffee, der noch so hieß war, dass ich mir fast die Finger verbrannte. McDonalds muss also ganz in der Nähe sein, schlussfolgerte ich.

Ich hatte keine Angst vor diesen Verbrechern, finde sie einfach nur lächerlich. Ich ging davon aus, dass ich diese unfreiwillige Einladung nicht überleben werde, dass meine Entführer mich irgendwann um die Ecke bringen müssen, da ich sie sonst identifizieren könnte.

Dabei sah ich durch das vergitterte Fenster, schaute in einen Wald voller Bäume. Sie können im Laufe der Jahre zu einem Aushängeschild eines Gartens werden oder sich zu einem Denkmal mausern. Jede Art dieser imposanten Baumes hütet das eine oder andere Geheimnis, das gelüftet werden möchte, seien es die Blätter, die Blüten, die Früchte oder etwas ganz anderes. Ich reckte mich ein wenig in die Höhe, um das Umfeld besser zu erkennen, doch es war weder ein Zufahrtsweg noch ein Trampelpfad zu sehen. Wo war ich hier? Irgendwo in der Pampa!

Am frühen Nachmittag vernahm ich Stimmen im Flur zu hören. Ich stellte mich vor die Tür, den Kopf seitlich nach rechts gedreht, um die Geräusche mit dem linken Ohr besser auffangen zu können.

»Es muss der Lange sein,« sagte ich zu mir.

»Was machst du da,« schossen mir Worte einer Stimme durch den Kopf, die mir sehr vertraut war.

»Haaalllooo, mich haben die hier entführt und in diesen muffigen Keller eingesperrt oder meinst ich mach hier Urlaub in einer zerfallenen Raubritterburg, in den Voodoo-Schamanen mit kleinen Figuren aus Knochen Flüche zelebrieren. Im Moment höre ich gerade einen langen Mann da draußen sich bewegen.«

»Wie kommst du darauf, dass es der lange Mann ist.«

»Nicht der Lange, ein Langer. Achte Mal darauf wie er geht,« flüsterte ich. »Er geht mit schnellen und langen Schritten den Flur entlang.«

»Ich weiß wie große Leute sich bewegen, ich bin nicht dumm.«

»Wirklich? Na gut, der mit dem Pferdegesicht ist es allerdings nicht.«

»Wie kommst du darauf.«

»Nun dieser Mann hier, der atmet so eigenartig, so wie es uns damals im Sportunterricht beigebracht wurde und so glaub ich, dass er vielleicht sogar trainiert.

Der Lange hingegen ist klapperig und dürr, hat nur Muskeln, wie ein Spatz Krampfadern hat.«

»Aha, also eine Sportskanone, groß mit viel Muskeln, ohne Pferdegesicht aber womöglich mir Knarre.«

»So in etwa,« murmelte ich mir in den Bart.

Die Geräusche wurden lauter und dann waren Stimmen zu hören. Sie diskutierten, doch ich konnte dem Wortlaut nicht folgen, verstand den Zusammenhang nicht. Erneut waren Schritte zu hören, immer lauter werdende Schritte. Sie kamen der Kellertür näher, hinter der ich gefangen gehalten wurde. Ich kam mir vor, als wenn ich in einem Verlies aus Natursteinen eingesperrt war, einem mittelalterlichen Kerker, der genug Raum bot, um vor Ort gleich Strafen zu vollziehen. Symbolisch komme ich mir festgekettet am Fels mit Halsketten und schweren Eisenketten vor und wartete nun auf meine Hinrichtung nach römischer Art, auf eine Kreuzigung. Mein Schlafplatz, ein mit Strohgefüllter Jutesack und eine Pferdedecke zum zudecken. In der Ecke eine Eimer als Latrine. Die Ausweglosigkeit hier heraus zu kommen, wird für mich immer wahrscheinlicher.

Oder ist dies nur ein Rollenspiel. Als Kinder hatten wir schon immer gerne Räuber und Gendarm gespielt und unsere Gegner abgefangen und ins Gefängnis gebracht, in einen mit weißer Kreide auf dem Asphalt gemalten Kreis.

Zwei Türriegel wurden zurück geschoben, einer der sich in Augenhöhe befand und einer weiter unten. Dann wurde zusätzlich noch mit Hilfe eines Schlüssels die Tür zugänglich gemacht. Dabei entstand jedes Mal ein klackendes Geräusch, wenn der Riegel zurück in das Schloss fiel.

Im Lichterschein des Flures sah ich vier Personen stehen, vier Männer, von denen zwei ihre Knarre auf mich richteten. Es war einmal die Stan Laurel Imitation und der Abgebrochene die als erstes den Raum betraten, wobei dem Kleinen die Knarre in seiner Hand eine gewisse Autorität und Durchsetzungskraft verlieh. Dazwischen trat ein Hüne von Mann hervor, dem ein intensives Training in einer Muckibude, mit übermäßigen Anabolikakonsum, viel Muskeln eingebracht hatte. Danach erschien der Boss, der Patron, der Don, der jedes Tun und Handeln in dieser seiner Familie bestimmt und sich um die Erfolge selber kümmert.

Auch er war dunkel gekleidet, mit zweireihigem Nadelstreifenanzug und einem Borsalino, einem Al Capone Hut.

»Es tut mir Leid, wenn wir Ihnen Unannehmlichkeiten verursacht haben,« sprach er.

»Wieso kennen wir uns,« fragte ich.

»Wir sind uns schon öfters begegnet, aber keiner hatte uns vorgestellt. Ich hatte sie bewundert über ihren Kometenhaften Aufstieg in der Literaturwelt.«

»Dann können sie mir sicherlich erzählen, was ich hier soll. Ihre beiden Versager sind ja nicht im Stande, ein vernünftiges Wort von sich zu geben.«

»Noch so ein Spruch und ich puste dir ein Loch in den Schädel,« erboste sich der Kleine.

Der Patron schnipste nur mit dem Finger und bewegte seinen Kopf ruckartig nach rechts. Eine Geste die besagte, dass er sich von mir abzuwenden habe.

»Sie sind gute Vollstrecker,« sagte der Patron daraufhin. »Wenn sie sich kooperativ erweisen, wird ihnen nichts geschehen. Doch wenn sie glauben uns Probleme machen zu müssen, dann wird ihre Bewegung nur noch von einem Rollstuhl begleitet.«

»Super, kann mir denn irgendjemand erzählen was ich hier soll und vor allem was sie von mir wollen?«

»Nun,« sprach der Patron weiter, »wir sind eine Art Dienstleistungsunternehmen, ein Unternehmen, das dient und leistet, ein Finanzunternehmen, eine zentrale Serviceleistung.«

»Wow,« sagte ich, »und?«

»Und jedes Unternehmen will gewinnbringend, zumindest aber kostendeckend arbeiten. Das gilt auch für die Serviceleistung unseres Unternehmens. Vergleichen sie unsere Dienstleitungen einfach mit einer gutgemeinten Versicherung, die ihnen einen gewissen Schutz garantiert. Dieser Service hat natürlich seinen Preis. Im Gegensatz zu anderen gleichartigen Unternehmen, wollen wir sie nicht mit monatlichen Zahlungen belästigen, sondern garantieren ihnen einen lebenslangen Schutz gegen Zahlung eines Einmalbeitrages. Wie finden sie das?«

»Ich bin begeistert, also eine Erpressung.«

»Nein sie missverstehen das. Es wird eine freiwillige Leistung ihrerseits sein, einen Beitrag zu leisten, um in Zukunft vor unerwarteten, durch uns hervorgerufenen, Risikofällen geschützt zu sein.«

»Also Schutzgeld!«

»Nein, ein Versicherungsbeitrag!«

»Und wieviel wollen sie mir zahlen, damit ich sie in Ruhe lasse«, fragte ich etwas gereizt.

»Willst du den Chef verarschen«, meldete sich der Kleine wieder zu Wort. Gleichzeitig fing auch er Anabolikainhalierte, in seinem etwas zu eng geratenen Jogginganzug an zu stottern:

»S-s-soll ich ein T-t-tonband mitlaufen l-l-lassen, d-d-dann k-k-kann er sich das s-s-später nochmal a-a-anhören.«

Mit der rechten Handkante machte der Chef eine axtähnliche Bewegung auf die Handfläche seiner linken Hand und schaute dabei seine Kumpane energisch an. Es war die Aufforderung, dass alle das Maul zu halten haben.

»I-i-ich meine ja n-n-nur,« gab der Hüne noch schnell von sich.

»Sie missverstehen ihre Lage, zwischen Leben und Tod ist nur ein schmaler Weg,« erwähnte der Bandenchef.

Wieder trat der Handliche zu vor mir, hielt seine Visage dicht vor meinem Gesicht und beteuerte:

»Und wenn du nicht tust was der Chef dir sagt, dann wird sich Mister Largo mal um dich kümmern. Er war früher mal Zahnarzt, eine sehr guter sogar. Seine Leidenschaft ist das Zähne ziehen, selbstverständlich ohne Narkose. Dazu benutzt er eine Zange, die vorher in einem Becken mit glühenden Kohlen gelegen hatte.«

»Das wird nicht nötig sein,« meinte der Chef, erhob seine Hand und winkte damit ab. »Er hat genauestens verstanden, was wir meinten, stimmst?«

Auch wenn die Drohung bei mir Wirkung zeigte, schluckte ich nur kurz und bemühte mich nicht in Panik auszubrechen, denn meinen Vorsatz, keine Angst zu zeigen, will ich treu bleiben. Nach einigen Sekunden, in denen mein zukünftiges Leben an meinen Augen wie ein Film vorbeizog, hatte ich meinen Kampfgeist wieder gefunden und erwiderte trotzig:

»Stimmt! Und ich bin mir sicher, dass ihr mir kein Leid antun werdet. Um wieviel Geld reden wir hier eigentlich?«

»Nun, unter Berücksichtigung der bisher entstandenen Auslagen, der Planung, der gebotenen Dienstleistung, das abwägen bestimmter Gefahren, einer angemessenen Risikobeteiligung und den Personalkosten, würde ich eine Summe von Euro 100.000,-- für angemessen halten.«

»Wie-viel? 100 tausend? Wer soll das bezahlen?«

Der Anabolikainhalierte verzieht sein Gesicht, holt mit seiner Faust aus und trifft mich mitten ins Gesicht. Ich spüre wie ich falle, schlage mit meinem Steißbein auf den harten Boden auf. Mein Kreuz fühlte sich an, als wenn ich den Rest meines Lebens im Rollstuhl verbringen müsste. Fassungslos strich ich über mein Gesicht, spürte wie meine Lippe blutete und der salzig, metallische Geschmack in meinen Mund lief. Während ich hier am Boden lag und versuchte mich aufzuraffen, kommt mir die Erkenntnis, dass ich doch in einer Scheiß Situation steckte.

»Wir dulden keine Widersprüche,« fuhr der Chef fort. »Sie verfügen über ein sehr schönes Haus, einen neuen Wagen, verdienen eine Menge Geld, können selbst die Rechte aus ihren Büchern zu Geld machen, da sollte es für sie kein Problem sein, die läppische Summe zu beschaffen.«

»Und wie,« fragte ich mit schmerzverzehrter Mine.

Der Muskelprotz kam mit einem Stativ herein, auf dem sich eine Kamera befand. Er stellte sie auf, richtete das Objektiv auf mich und gab mir einen Zettel.

»Sie brauchen das nur vorzulesen, was drauf steht,« gab der Chef zu verstehen.

»Was soll der Quatsch,« erwähnte ich. »Ich hab keine Familie, keine Eltern, schon gar keine Bekannten, die Geld haben.«

»Okay,« sagte er, holte ein Handy aus der Tasche, gab es mir und schaute mich mit einem komischen angsteinflößenden fast nicht zu erklärenden Blick an.

»Dann werden sie eben ihre Frau anrufen und sie anweisen, das Geld zu besorgen. Keine Polizei und auch kein Wort zu irgendwelchen anderen Leuten, sonst überleben sie den heutigen Tag nicht mehr.«

»Wen soll ich anrufen?«

»Ihre Frau.«

»Welche Frau?«

»Tun sie nicht so dumm. Ihre Frau, mit der sie gestern noch zum Essen waren. Mister Chico und Mister Largo haben sie genauestens beobachtet.«

Was waren denn das für Vollpfosten, dachte ich mir. Die würden doch glatt auf der Lösegeldforderung ihren Absender vermerken. Meine Frau ist bereits vor Jahren verstorben und die Frau gestern, war meine

Haushälterin. Gut, man sieht ihr nicht an, dass sie nur eine Haushälterin ist, weil sie sich sehr aufreizend und elegant kleidet, immer einen rot-geschminkten Mund hat, meistens tiefergelegte Hosen trägt, ihr Teint solargetönt ist, sie sich mit zum Zerreißen gespannten Bluse bekleidet und ihr immer strahlendes Lächeln auf den Lippen, mir den Umgang mit ihr erleichtert. Aber sie ist nur meine Haushälterin und nicht mehr.

13. Mit Brille und Buch auf Klo zu gehen reicht nicht aus, um klugzuscheißen

Der Kurze, der Mister Chico genannt wurde, stellte sich neben mir. In seiner Hand hielt er eine geladene Knarre, die auf meinen Kopf gerichtet war. Ich schluckte und spürte, wie mein Herzschlag immer schneller wurde.

Mit der Knarre stieß er mir immer wieder in die Schläfe und meinte:

»Los ruf an. Mach ja keine Mätzchen. Es ist dir hoffentlich klar, dass du dich in unserer Gewalt befindest und dass dies hier kein Sommercamp ist. Ein falsches Wort und ich blas dir das Gehirn weg.«

Ich höre plötzlich russisches Artilleriefeuer, schreie verwundeter Soldaten und eine schlecht gespielte Musik im Hintergrund. Hier wurde eine Recherche von Leuten durchgeführt, die auf intellektuell machen, aber nicht intellektuell sind, für Leute die sich für intellektuell halten, aber es nie sein werden.

»Ich glaub, wir haben da ein Problem.«

»Was für ein Problem.«

»Meine Frau ist vor Jahren verstorben und die Frau, die ihr vorgestern gesehen habt, war meine Haushälterin. Ich bin mit ihr Essen gewesen, weil sie gestern in den bayrischen Wald gefahren ist, um dort Urlaub zu machen.«

»Erzähl kein Scheiß,« schrie mich der Kleine an und fuchtelte mit seiner Knarre vor meiner Nase herum.

»Du musst es nicht glauben, aber du kannst es glauben. Wir können gerne zusammen auf den Friedhof gehen, aber nur, wenn du Blumen mitbringst.«

»Du, verarsch mich nicht,« schrie der Kleine und wurde in seiner Tonlage immer lauter.

»Dazu sehe mich im Moment nicht zu veranlasst. Ihr könnt es ja gerne nachprüfen.«

»S-s-soll ich i-i-ihm nochmal eine runter h-h-hauen,« fragte der Muskelprotz, worauf der Chef mit der Hand abwinkte.

Ich sah wie tausend latente Fragezeichen über seinem Kopf schwebten, als wenn er sich die Frage stellte: was habe ich nur für Idioten um mich, die nicht mal richtig recherchieren können. Er verließ den Raum und winkte seine Leute hinter sich her.

»S-s-soll ich ihn w-w-wieder fesseln,« fragte der Muskelprotz.

»Das tut nicht notwendig. Er kann hier nirgends weg.«

Wieder wurde die Tür verschlossen und ich stand da in diesen von Mauern umgrenzten Raum.

Nach gut einer Stunde wurde die Tür ruckartig geöffnet und der Muskelprotz stürmte herein. Nur kurz sehe ich seine Faust, die wie eine Dampframme auf mich zukam, dann spüre ich einen stechenden Schmerz an meinem Kinn. Ich torkele einige Schritte zurück, stoße gegen den Tisch und falle anschließend zu Boden. Es ist das zweite Mal, dass mich der Testosterongeschwängerte Typ zu Boden haut. Doch bevor ich mich überhaupt auf die Situation einstellen konnte, zog er mich mit beiden Händen wieder hoch, schüttelte mich und schmiss mich auf den Stuhl. Dann sprach er:

»D-d-du willst u-u-uns nur für d-d-dumm verkaufen, a-a-aber ich p-p-prügel dir die W-w-wahrheit schon raus.«

»Ich muss euch nicht für dumm verkaufen, dass schafft ihr ganz alleine. Außerdem hab ich die Wahrheit gesagt. Wenn ihr besser nachgeforscht hättet, dann wüsstet ihr das.«

Während ich mit offenem Mund da saß und das Blut auf meine Jacke tropfen ließ, kam der Obergangster eiligen Schrittes herein und meinte:

»Was ist hier los?«

»Chef der S-s-spinner lügt d-d-doch. Ich w-w-wollte ihm nur ein b-b-bisschen mit der Wahrheit a-a-auf d-d-die Sprünge helfen.«

»Hab ich nicht gesagt, dass ihr ihn in Ruhe lassen sollst. Oder welchen Buchstabe von "Ruhe lassen" habt ihr nicht verstanden,« sprach der Chef etwas erbost, schaute dabei arg grimmig jeden einzelnen seiner Leute an und zuletzt mich:

»Bitte entschuldigen sie die rüde Vorgehensweise von Brutus. Er kann sich manchmal einfach nicht zusammenreißen.«

»Kein Problem,« log ich ihm vor. Dabei öffnete ich langsam die Augen und starre wieder in den Lauf eines Revolvers. Man könnte meinen, dass ich etwas routinierter und mutiger auf den Anblick reagiere, doch das Gegenteil ist der Fall. Auf jeden Fall werde ich nicht auf die Knie fallen und um Gnade betteln.

»Ihr geht mir langsam alle auf den Sack,« sprach ich, wobei ich mir ein Grinsen nicht verkneifen konnte. »Wenn ihr mich erschießen wollt, dann macht es schnell. Damit tut ihr mir nur einen Gefallen. Meine Frau ist verstorben, der wichtigste Mensch in meinem Leben; meine Schwiegereltern hassen mich, weil sie die Wahrheiten nicht abkonnten; meine Mutter spricht nicht mit mir, weil ich nicht nach ihrer Nase tanze und mein Verleger nervt mich, ständig neue Bücher zu schreiben. Ich komme mir vollkommen in diesem System verloren vor. Wenn ihr mir jetzt ein Ticket in den Himmel löst, muss ich mir all diese Scheiße nicht mehr antun.«

Alle starrten mich überrascht an.

»Ich sehe schon, ihr könnt da nicht mitreden, ihr seid keine normale Menschen. Oder hab ihr euch schon mal in einem gepflegten Ton mit jemanden unterhalten, über den Zaun zum Nachbarn gerufen: *Hey tollen Rasen haben sie da*, oder *können sie mir einen Zahnarzt empfehlen* oder *wie überwintern sie ihre Geranien*. Nein, ihr seid Kriminelle, die nur Sprüche aus Gangsterfilmen kennen, die braven Bürgern das Geld stehlen und sich nur stark fühlen, wenn sie eine Knarre in der Hand halten.«

Ruhe trat ein, eine äußerst nachdenkliche Ruhe. Ich sah in das schmierige Gesicht des Oberbosses, bemerkte, wie er über mein Geschwätz nochmals nachdachte, wie er jedes einzelne Wort Revue passieren ließ. Ich hörte förmlich das Klicken in seinem Kopf, als wenn sich die Zähne eines Zahnrades in die Lücken des Gegenrades einfügten. Doch er schien zu keinem Entschluss zukommen. Er zündete sich eine Zigarette an, worauf ich ihn bat:

»Kann ich auch eine haben.«

Eine zweite Zigarette wurde entfacht und ich nahm sie. Wie eine Vulkaneruption atmete ich den Rauch tief ein, behielt ihn so lange in der Lunge, dass mein Kopf sich schon fast violett verfärbte. Dann stieß ich ihn den Qualm wie Seifenblasen wieder aus. Und während ich den Mund wie ein Fisch öffnete, den Unterkiefer leicht nach unten drückte, erzeugte ich kleine vernebelte Ringe. Ich roch an der Zigarette und der Geruch von Waldbrand stieg mir in die Nase.

»Welche Garantie habe ich, dass ihre Frau wirklich verstorben ist,« unterbrach mich der Patron in meinem genießerischen Dämmerzustand.

»Prüfen sie es doch nach.«

»Gut, dass werde ich machen. Aber das ändert aber nichts an der Tatsache, dass sie weiterhin unser Gast sein werden.«

Daraufhin verschwanden alle. Der Verwechslung mit meiner Haushälterin hatte der Boss scheinbar Glauben geschenkt, das rettete mich erstmal vor weiteren brutalen Angriffen des Hünen, der mich bestimmt irgendwann filetiert hätte.

Ich hörte laute, ging zu Tür und horchte. Sie diskutierten, möglichweise über die schlampenhafte Recherche, wobei einer dem anderen die Schuld zuwies. Natürlich wollte keiner seine Ansicht aufgeben, weil keiner dem anderen auch nur ein einziges Argument für seinen Standpunkt bieten konnte und so fingen sie langsam an, sich gegenseitig anzubrüllen. Möglicherweise war ihre Handhabe einige Nummer zu groß für die von ihnen vorgeschlagene Idee.

Doch meistens enden Diskussionen in einer lautstarken Debatte, wenn einem die Argumente ausgegangen sind. Eine Unstimmigkeit unter den Gangstern, die nicht in der Lage sind, eine handfeste Entscheidung zu treffen. Dann hörte ich, wie ein Wagen wegfuhr und anschließend Ruhe eintrat. Es war auf einmal unheimlich still. Es war nicht die Stille, die entstand, wenn alle in einem Haus schliefen, nein, es war eine andere Stille, eine bedrohliche Stille.

Mein Herz pochte wild und unregelmäßig, als hätte ich an einem Marathon teilgenommen. Meine Gedanken beschäftigten sich damit, ob ich jetzt ganz allein im Haus sei. Ich dachte an Flucht, doch dann hörte ich ein Geräusch, ein unheimliches Geräusch, ein Poltern, als wenn etwas Schweres zu Boden gefallen ist und nicht zerbrach. Kurz darauf war es wieder still.

Vorsichtig bedacht, keinen Ton von mir zu geben, horchte ich an der Tür. Ich war schweißgebadet, wagte nicht zu atmen und versuchte meine Gedanken zu ordnen. Mein Mund war ausgetrocknet, ein unangenehmes Gefühl mit einem widerlichen Geschmack auf der Zunge. War ich nun allein im Haus oder nicht. Sind alle ausgeflogen? Wenn ja, wann kommen sie wieder? Und kommen sie überhaupt wieder?

Zaghaft klopfte ich an der Tür und wartete, ob sich was tat. Doch nichts passierte. Dann klopfte ich etwas heftiger und schließlich haute ich mit der Faust dagegen. Wieder legte ich mein Ohr an die Tür, wollte nach Stimmen, Lärm und Trubel lauschen und plötzlich passierte es. Ein dumpf dröhnendes extrem lautes Bullern drang in meinen Gehörgang und ließ mein Trommelfell vibrieren. Zugleich hörte ich eine befehlshaberische Stimme von der anderen Seite der Tür sagen:

»Ruhe darin.«

Ich wich zurück, schüttelte mein Kopf, hatte auf einmal das Gefühl, als wenn mein Ohr verstopft war; als wenn ich beim Niesen die Nase zugehalten hätte und nun der Schnodder ins Ohr gedrungen ist. Scheiße dachte ich mir, die Kerle sind noch da und das Gefühl der Frustration stieg in mir auf. Es haute nicht hin, währe auch zu schön gewesen. Hilflos stand ich da, überlegte wie man es anders machen könnte, aber ich wusste nicht wie.

Die Nacht verließ ruhig und ich hatte wieder auf diesem unbehaglichen Sofa genächtigt. Zum Frühstück gab es wieder eine Tüte von McDonalds. Danach kam der Chef und sprach:

»Sie rufen jetzt bei ihrer Bank an und sagen, dass man hunderttausend Euro für sie bereits halten soll. Sie werden sie heute Nachmittag abholen.«

»Und wenn du dich verplapperst oder auch nur den kleinsten Fehler machst, dann bist du nicht mehr,« gab der kleine Giftzwerg schnell noch zu Wort.

»Ruhe,« befahl der Chef. »Hier nehmen sie das Handy und stellen sie es auf Lautsprecher, damit wir das Gespräch mitverfolgen können.«

Ich griff in meine Gesäßtasche, holte mein Portemonnaie und dort die Visitenkarte meines Bankers heraus. Sofort griff der kleine danach, um zu lesen was drauf stand.

»Das ist eine Visitenkarte,« bemerkte ich. »Vielleicht hast du ja jemanden der dir vorließt, was drauf steht.«

Er machte eine Armbewegung, als wenn er mir die Knarre ins Gesicht schlagen wollte, worauf der Chef sofort reagierte und

»Stopp,« rief.

Wehmütig gab mir der Kleine die Visitenkarte wieder zurück. Etwas eingeschüchtert nahm ich dann das Telefon, wählte die Nummer und ließ mich mit meinem Sachbearbeiter verbinden.

»Ich muss das erstmal mit dem Filialleiter absprechen,« sprach er und drückte mich in die Warteschleife. Im Hintergrund eine Melodie, eine gezielte Imagepräsentation um das Warten zu versüßen. Dann die äußerst freundliche Stimme, die sagt: Bitte warten sie. Sobald ein Platz frei ist, werden sie verbunden.

Es ist wie die Hotline einer Behörde, wo man zuerst von einer äußerst freundlichen Stimme vom Band begrüßt wird und die umgehend Hilfe verspricht. Nachdem man seine Kundennummer genannt hat, sich mehrmals durch betätigen der Tasten null bis neun weiter verbinden ließ, ertönt die Firmenhymne, die immer wieder von der äußerst freundlichen Stimme unterbrochen wird, um darauf hinzuweisen, dass der nächste Mitarbeiter nur noch eine Tasse Kaffee von seinen Arbeitsplatz entfernt ist und man sich doch noch ein wenig in Geduld üben möge.

»Der Filialleiter ist momentan in einer Besprechung,« hörte ich plötzlich im Hörer. »Aber ich gehe mal davon aus, dass es in Ordnung geht. Wir werden das Geld bestellen. Sie können es heute Nachmittag ab sechszehn Uhr dann abholen.«

»Na das klappt ja wunderbar, Danke« sprach ich noch und schon riss mir der Chef das Telefon aus der Hand, klappte es zusammen und steckte es in seine Hosentasche.

»Wir sehen uns heute Nachmittag,« sprach er noch und verschwand mit Mister Chico.

14. Der Freikauf, eine inoffizielle Transaktion

Ich fühlte mich wie Napoleon auf Sankt Helena, am Arsch der Welt verbannt und den Gangstern hier ausgeliefert. Frage mich nur, ob Napoleon sich genauso gelangweilt hatte wie ich. Doch das glaube ich nicht, denn immerhin hatte er eine ganze Insel zu erkunden. Ich hingegen verbringe die Zeit in einem viermal vier Meter großen Kellerraum.

Am Nachmittag erschein wieder der Chef mit einem seiner Handlager, diesmal der Lange mit dem Pferdegesicht, Mister Largo. Er gab mir ein weißes T-Shirt, eine Jeans, ein paar Socken und Unterwäsche, sowie ein Pullover zum über die Schulter hängen. Verwundert betrachtete ich die Gegenstände, stellte fest, dass es meine eigenen Sachen waren. Sie waren also in meinem Haus, haben in meinem Kleiderschrank herumgewühlt, eine besorgniserregende Feststellung. Womöglich haben sie nach Nachweisen über die Beisetzung gesucht, vielleicht auch irgendwas gefunden. Ich schaute weiterhin auf die Klamotten und fragte:

»Was soll ich damit?«

»Sie werden sich umziehen. Danach fahren zur Bank,« antwortete der Chef.

Ein Grinsen huschte über mein Gesicht und ich fing an mich auszuziehen.

»Das können sie oben im Badezimmer tun und sich gleichzeitig frisch machen,« meinte er zu mir und befahl gleichzeitig den Langen: »Bring ihn rauf ins Bad und pass gut auf ihn auf.«

Ich betrachte den Langen. Mit seiner Knarre in der Hand wirkte er ein wenig einschüchternd auf mich. Mein Herzschlag beschleunigte sich, der Schweiß perlte auf der Stirn und ich frage mich, was passiert, wenn sie das Geld haben. Ich weiß wie sie aussehen, könnte sie identifizieren; könnte Phantombilder anfertigen lassen, um eine Suchaktion in die Wege zu leiten und Verbrecherkarteien durchforsten, die die kriminelle Leistung der Verbrecher widerzuspiegeln. Ich versuchte den schlimmsten Ausgang aus meinen Gedanken zu verdrängen, fügte mich dem Schicksal und folgte dem Langen die Treppe hinauf.

Was muss ich doch für ein Idiot gewesen sein, als ich mich fragte, ob das Streben nach Erfolg mit dem Weg des Glück gleichzusetzten ist. Mit welchen unbedeutenden Kleinigkeiten habe ich mich da nur beschäftigt. Jetzt ist es nicht mehr wichtig, ob ich mich dem Streben nach Erfolg verpflichtet fühlte, jetzt bin ich davon abhängig, dass meine Bank das Geld heraus rückt.

Kurz vor dem Badezimmer tippte der Lange auf die Seite seinen Revolver und sprach:

»Solltest du auf die unendlich dumme Idee kommen flüchten zu wollen, habe ich hier sechs kleine Freunde, die schneller durch die Luft fliegen können, als du laufen kannst.«

Ich schluckte und bemühte mich nicht in Panik auszubrechen. Dabei ging ich ins Badezimmer, entkleidete mich und fing an mich zu duschen. Während das warme Wasser auf meinen Körper herabfiel und der prasselnde Strahl angenehm mein Gesicht massierte, kam mir etwas Schreckliches in den Sinn. Was ist, wenn auf mein Konto gar nicht soviel Geld vorhanden ist. Das letzte Mal wo ich Kontoauszüge geholt hatte, ist schon ziemlich lange her. Ich mochte nicht darüber nachdenken, bildete mir aber ein, dass sich alles zum Guten wenden würde.

Ich zog mich an und verließ das Bad. Im Flur saß der Lange mit angewinkelten Beinen auf einen Schemel und ließ seine Waffe mehrmals um den Zeigefinger kreisen. Dabei hielt er seine Finger im Abzugsbügel, nahe dem Abzug. Ein gefährliches Unterfangen, wenn die Waffe nicht gesichert wäre. Als er mich sah, entsicherte er sie sofort und begleitete mich zurück in meinen Kellerraum. Minuten später kam der Chef.

Sie verbanden mir die Augen und führten mich zu ihrem Fahrzeug. Auf der Rückbank nahm ich platz, neben mir setzte sich der Kleine hin, auf der anderen Seite der Lange. Das Fahrzeug wurde von dem Muskelprotz gelenkt und der Chef saß als Beifahrer daneben. Endlos kam mir die Fahrt vor, kaum einer redete, nur das ständige poltern in ein Schlagloch, dass einem fast das Steißbein verbog, ließ eine ländliche Gegend vermuten. Dann wurde die Straßenlage ruhig und nach einem kurzen Augenblick, wurde mir dann die Binde wieder abgenommen. Ich sah zahlreiche Häuser und nach einem kurzen Blick nach links und rechts, stellte ich fest, dass wir an meinem Wohnort waren.

Es war Still im Auto, eine Konversation wollte einfach nicht zustande kommen. Aber warum nur? Ist es die Ruhe vor dem Sturm? Oder ist es die Verführung an diesem Spiel, die wachsende Spannung, mit dem anschließenden unvermeidlichen Zusammenprall? Ein Andante, das zum genussvollen Zurücklehnen einlud.

Verwundernd schaute ich den Chef an und fragte:

»Wie kommt es, das ein Mann mit ihrer Bildung und Intelligenz, sei Geld mit Entführungen verdient?«

»Nun, weil ich es kann.«

Ich wartete, dass eine Erklärung folgte, warum er sich mit kriminellen Machenschaften abgibt. Doch sein Wortschatz blieb mitten im Dialog abgebrochen.

»Aus diesem Grunde lecken sich Hunde und Katzen am Arsch. Von Ihnen hätte ich eigentlich eine geistreichere Antwort erwartet,« sprach ich daraufhin. Wieder trat Ruhe ein und ich spürte, wie er überlegte, wie er seine Handlungsweise rechtfertigen könnte. Dann sprach er:

»Kennen sie den Spielfilm Die Zeitmaschine?«

»Nein.«

»Er spielt weit in der Zukunft. Die Erde wurde verseucht und die menschliche Zivilisation hatte sich in zwei Gruppen gespaltet. Die eine Gruppe war das Volk der Eloys. Sie lebten oberirdisch, ernährten sich von Obst und Früchten und lebten in einer paradiesisch anmutenden Landschaft. Die anderen waren das Volk der Morlocks. Sie lebten unterirdisch in einem Labyrinth mit maschinenangetriebenen Apparaten. Ab und zu kamen sie auf die Erdoberfläche und holten sich einen Eloy, denn sie waren Menschenfresser.«

»Warum erzählen sie mir das alles?«

»Nun, sie sind ein Eloy, ich eine Morlock und ab und zu hole ich mir solche Menschen wie sie.«

»Wollen sie mich dann auch verspeisen?«

»Nein, soweit geht meine Inklination nun doch nicht.«

»Aber was wollen sie denn sonst damit erreichen?«

»Es ist die Macht, Kraft, Autorität, die man ausüben kann, die Entscheidung zu treffen, ob sie es in meiner Gesellschaft gut haben werden oder nicht. Es ist das Adrenalin, das in die Höhe schießt, wie der freie Fall eines Bungee-Springer von einer Brücke, der durch die Elastizität der Gummibänder wieder hochgeschnellt wird.«

»Die Macht, Kraft und Autorität, wie sie sie nennen, kann aber auch durch geistige Schwäche hervorgerufen werden,« scherzte ich und biss mir zugleich auf die Zunge.

»Ich kenne solche vorlauten Leute wie sie zu genüge. Der letzte hatte anschließend drei Kugeln in seinem Sakko.«

»Finden sie so eine Handlungsweise in

Ordnung?« sprach ich und spürte zugleich die Knarre des Lagen unter meiner Nase.

»Was willst du,« fragte ich ihn, »mich erschießen hier mitten in der Stadt?« Der Lange nahm die Knarre herunter, ballte seine Faust und hielt sie mir dicht unters Kinn. »Ach schlagen willst du mich. Das ist das einzige was ihr könnt.«

»Aufhören, wir haben hier eine Mission zu erfüllen. Nicht das ihr euch noch gegenseitig den Hals umdreht,« mischte sich der Chef ein. Dann sah er zu mir rüber und sprach weiter: »Und von ihnen noch ein Wort und schneide ihnen die Zunge heraus.«

Das Sprechverbot hat auch seine Vorteile. Es macht mich zu einem guten Zuhörer, was meine Stärke ist, doch niemand verlor ein Wort. Alle hüllten sich in ein tosendes Schweigen. Nur der Motor dieses Vehikels heulte jedes Mal beim anfahren auf, wenn die freigewordene Energie durch den Auspuff schoss. Ein älterer Model des deutschen Fabrikanten aus Stuttgart, dessen Funktionalität es sein soll, Menschen von einem Ort zum anderen zu bringen.

Geraume Zeit später erreichten wir den Parkplatz meiner Bank. Der Chef sah mich an, gab mir einen Aktenkoffer und erklärte mir:

»Es gibt keinen Grund den Helden zu

spielen. Gehen sie einfach in die Bank, holen sie das Geld und alle sind glücklich. Ich bin nicht scharf darauf, habe jedoch keine Probleme damit, sie umzulegen.«

»Und denk immer schön daran, ein Schuss in den Fuß kann äußerst schmerzhaft sein,« fügte der Lange noch hinzu.

Danach stieg ich aus. Mit mir der Abgebrochene und das Pferdegesicht. Der Muskelprotz und sein Chef blieben im Wagen sitzen, um möglichst schnell die Flucht zu ergreifen, falls irgendwas schief ginge. Ein Feigling sondergleichen, der doch glattweg seine Leute im Stich lassen würde. Wahrscheinlich hat er sich auch von seiner Frau getrennt, indem er sie im Wissen ließ: *Ich gehe schnell nur mal Zigaretten holen!*

Der Kleine kam um den Wagen herum, nahm mich am Kragen, zeigte mir seine abgesägte Schrotflinte, die er unter seiner Lederjacke trug und deutete auf folgendes hin:

»Eine falsche Bewegung und du bist schuld daran, wenn ich dich und einige Leute in der Bank umpusten muss.«

Ich schluckte, wich unwillkürlich einen Schritt zurück. Die sind doch konsequent dazu bereit, ahnungslose Mitmenschen brutal niederzumetzeln. Ich darf mir also keinen Fehler erlauben, wenn ich nicht das

Leben anderer gefährden will. Durch ein leichtes nicken gab ich zu verstehen, dass ich bereit war. Als Antwort erhielt ich einen Stoß, direkt in die Nieren, der mich fast zu Boden sinken ließ.

»Los vorwärts,« befahl der Kleine und mit leicht verschmerztem Gesicht schritt ich voran. In der Bank wich mir der Kleine keinen Zentimeter von der Seite, während der Lange am Eingang wartete und uns genauestens beobachtete. Unterdessen versank ich in Selbstmitleid und wartete, betete innerlich zu sämtlichen Gottheiten die mir spontan einfielen, dass nichts schief läuft, um ein Massaker zu vermeiden. Nachdem sich die reale Zeit des Wartens zu gefühlten Stunden ausgedehnt hatte, kam der Bankdirektor mit meinen Aktenkoffer und einigen Papieren, die ich unterschreiben musste. Zitternd unterschieb ich die Auszahlungsquittungen und meine Unterschrift sah aus, als wenn eine Horde besoffener Ameisen durch die Tinte gelaufen wäre.

Nachdem ich mich mit einem kräftigen Händedruck verabschiedet hatte konnten wir endlich die Bank wieder verlassen. In gemächlichen Schritten gingen wir zum Auto zurück, stiegen alle ein und der Testosteronbewusste Anabolikakonsument gab Gas. Nach einer Weile sprach ich:

»Hey Leute, ich habe den Teil meiner Mission erfüllt, ihr könntet mich eigentlich an der nächsten Ecke raus lassen.«

»Du kommst erst mal mit uns,« antwortete der Chef, der schützend seine Arme um den Aktenkoffer gelegt hatte, als wenn er es vor Unheil beschützen wollte.

»Seit doch nicht so dumm. Ich habe niemanden gesagt, dass ihr mich entführt habt, habe alles getan was ihr wollte, ihr habt das Geld, da könnt ihr mich doch freilassen.«

»Das Geld wird erst gezählt und überprüft.«

»Meint ihr die Bank bescheißt euch mit Falschgeld?«

Der Lange dreht sich zu mir um, hält seine geladene Knarre an meiner Schläfe und bevor er etwas sagen konnte, offenbarte ich ihm:

»Wenn du mich erschießen willst, hilfst du mir nur, meine Frau wieder zusehen. Da ich mich danach nicht mehr bedanken kann, will ich es jetzt tun.«

Ich streckte ihm meine Hand entgegen, doch als Antwort sah ich nur wie seine Faust auf mich zukam und mich mitten ins Gesicht traf. Meine Lippe fing wieder an zu bluten und schwoll gleichzeitig an. Blut und

Speichel mischten sich wieder und bevor ich es ausspucken konnte, hielt mir der Chef ein Taschentuch entgegen. Danach wurden mir die Augen wieder verbunden und durch das rückartige auf und ab bewegen des Fahrzeuges vernahm ich, dass wir uns wieder auf einer dieser gefürchteten Schotterpisten befanden. Die defekten Stoßdämpfer und die laschen Dämpfelemente der ausgeleierten Federbeine dienten als Schlaglochsuchgeräte und fanden Bodenvertiefungen so groß, dass man Kinder darin verstecken könnte.

Nach einer gewissen Zeit hielt der Wagen an. Einer der Gangster packte mich am Kragen und zog mich aus dem Wagen. Erst im Haus wurde mit die Binde wieder abgenommen.

»Was ist nun, kann ich nach Hause,« stellte ich die Frage so in den Raum hinein.

»Du hast es immer noch nicht begriffen,« erklärte mir der Kleine. »Du bist unsere Geisel, solange das Geld und der Aktenkoffer nicht geprüft sind.«

»Kleiner du sabbelst nur Scheiße, ich hab keine Lust mehr drauf. Außerdem kann ich deine Visage nichtmehr sehn,« entgegnete ich dem Zwerg.

»Wenn es dir peinlich ist mit mir, kann ich dir die Zunge rausschneiden und die Augen ausstechen, was hältst du denn davon?«

Ich verkniff mir jeglichen weiteren Kommentar, wollte nur noch abwarten, was passieren wird. In Keller schritt ich wieder mein Käfigterrain ab, dessen Wände und Decke weiß gestrichen waren und ungeheuer, spektral, absurd und zugleich beängstigend auf mich wirkten. Wie lange muss ich hier noch verweilen? Was wollen die noch von mir? Meine Gedanken sind total verwirrt, wünsche mir in den Armen meiner Frau einzuschlafen, mich anzukuscheln, ihre Nähe zu spüren und mich in wundersame Gedanken zu entführen.

Die Tür ging auf und die komplette Verbrechercrew trat herein. Ich ahnte zuerst nichts Gutes, bis der Oberboss hervortrat und sprach:

»Das Geld ist soweit in Ordnung, du bist frei. Morgen werden wir dich nach Hause bringen. Lass uns auf den Erfolg anstoßen, was willst du trinken?«

»Oh, das ist ja mal ganz was anderes, mit seinen Entführern auf den Erfolg einer Erpressung anzustoßen,« bemerkte ich. »Nun gut, ich nehme einen Whisky.«

Mit den Fingern schnipste er, um von einem seiner Gangster Aufmerksamkeit zu erhalten, bewegte den Kopf rückartig zu Seite, um ihn Anordnung zu bieten,

Getränke zu holen. Währendes wies der Chef daraufhin:

»Sollten Sie auf die Gedanken kommen, sich an die Polizei zu wenden, oder an irgendjemand anderen, so werden sie das nicht lange überleben. Wir wissen wo sie wohnen und behalten sie ständig im Auge.«

Die Getränke kamen und ich nahm einen kräftigen Schluck. Reihum kreiste die Flasche und im Moment war es mir egal wieviel ich trank, solange ich mit einer Hand das Glas heben konnte. Der Alkohol floss an meiner Kehle herunter und füllte meinen Bauch mit Wärme. Ich trank einen nach dem anderen und plötzlich spürte ich, wie das Gesöff ätzend die Speiseröhre herunter lief, dermaßen im Magen aufschlug, dass es an den Seitenwänden wieder bis zum Rachen hinauf floss. Ich schluckte und sprach:

»Für misch is trinken koan vergügn, saste de Winzär, zondern harte Berufsabbeit, hä, hä, hick.«

Danach wurde mir übel, übel von dem Fusel, der eigentlich wie Lebertran schmeckte.

Ich musste mich setzen und bemerkte, dass ich nur noch unscharfe, verschwommene und verschleierte Umrisse sehen konnte, als wenn sich irgendwas auf der Linse befinden würde. Ich rieb meine

Augen und kleine schwarze Mücken fingen an vor meinen Augen zu tanzen, die sich zu einem dichten Gestöber, zu einem Rußregen mit Blitzen entwickelten und schließlich zu einem Vorhang mutierten.

Dann schlief ich ein.

15. Und dann lag ich im Bett und bin aufgewacht

Mir wurde auf einmal kalt. Ich tastete nach meiner Decke ließ meine Hand hin und her wandern, doch sie griff ins Leere. Langsam begann ich mich über die Kälte zu ärgern, die mich am weiterschlafen hinderte. Vorsichtig öffnete ich meine Augen und starrte zur Decke. Sie war weiß und hatte unzählige schwarze Flecken, die aufgrund der Dunkelheit nicht so ganz identifiziert werden konnten. Doch es sind aber keine Flecken, es ist die Struktur der Raufasertapete, die durch den Lichteinfall des Mondes schwarze Schatten erschienen ließ.

Ich blickte mich um, sah einen Kleiderschrank, daneben eine Highboard, auf denen Bilder und Blumen standen. Angrenzend ein Sideboard mit einem Fernseher. Auf der anderen Seite ein Bild, ein großes Bild an der Wand. Das Foto einer Frau, meiner Frau. Wo war ich? Alles schien so vertraut zu sein. Ich schaute zum Fenster, zu den Gardinen, durch die sich die Helligkeit des Mondes quälte.

Auf dem Nachtschrank neben mir, ein Radiowecker. Jetzt verstand ich, warum die morgendliche Dämmerung noch nicht den Tag in seiner kompletten Helligkeit erwacht hatte, es war gerade Mal drei Uhr zweiunddreißig. Eine beschissene Tageszeit.

Mir war immer noch kalt. So erhob ich mich und sah, dass meine Bettdecke auf dem Fußboden lag. Gedanken durchfluteten meinen Kopf. Befinde ich mich in der Realität oder ist dies das andere existierende Reich in den Wolken, wo das Leben genauso weiterführt wird wie bisher? Leide ich an Verfolgungswahn oder habe ich einen neurologischen Defekt?

Ich stand auf, verließ das Schlafzimmer und ging ins Wohnzimmer. Das angeschaltete Licht brannte in meinen Augen und es dauerte eine gewisse Zeit, bis sie sich an die Helligkeit gewöhnt hatten. Dann sah ich auf dem Tisch mein Handy liegen und wie eine mechanische Gegebenheit, griff ich danach.

Vielleicht wünschte ich mir, dass jemand anrief oder ich jemanden zurückrufen sollte, doch das Display war leer, das Telefon stumm. Ich hatte weder einen Anruf in Abwesenheit, noch eine SMS erhalten. Niemand hatte mich angerufen.

Verwirrend ging ich zu Haustür und öffnete den Briefkasten. Er ist meistens vollgestopft mit Reklame und Tageblättern, die von der werbetreibenden Wirtschaft finanziert werden. Doch auch der ist leer, nur die Visitenkarte eines Autohändlers lag drin, mit der Aufschrift: *Kaufe jedes Auto.*

Ich kochte mir einen Kaffee, ein besonders starken und setzte mich auf den Balkon. Langsam wich die Nacht der morgendlichen Dämmerung und bereits am Horizont sah man den glühenden Feuerball, der die Grenzlinie zwischen Himmel und Erde überschritt. Glänzende flammende Gewalten bewegten sich empor, wie ein Gemisch aus feurigem Magma, dass in die Luft gepumpt wurde. Eine tiefe und faszinierende Magie zog mich in den Bann und der gerötete Nebel intensivierte sich.

Weltvergessen starrte ich die Sonne an, wie sie sich erhob und sich beschwörend vor meinen Augen formte, wie sie sich zu einer kreisförmigen Scheibe gestaltete und langsam ihre leuchtorange Farbe in ein warmes goldgelb wechselte.

Wieder umkreisten mich Gedanken, ob man vom himmlischen Paradies aus, die gleiche Betrachtungsweise wahrnehmen kann. Dann überlegte ich, was eigentlich geschehen war.

Ich wurde entführt und erpresst, von vier Männern. Wenn ich der Polizei die Personen beschreiben soll, dann muss ich noch ein wenig an der Charakterisierung meiner Entführer feilen. Da war einmal Chico, der

Knilch mit der Lederjacke; Largo das Stan Laurel Plagiat; Brutos, der Stoffkopf mit Fäusten und der Patron, das Genie das sich nur mit Dilettanten umgibt. Weiter kann ich nichts Außergewöhnliches berichten, außer, dass ich mich habe blenden lassen.

Das letzte woran ich mich erinnere, war der Whisky, der mir die Sinne vernebelte. Dann war Schluss, weiter komme ich nicht. Alles vergessen, als wäre mir eine Filmrolle abhanden gekommen. Ich sollte nicht zu viel trinken, hab wahrscheinlich den ganzen Tag geschlafen und niemand hat mich vermisst. Keiner hatte angerufen, keiner hatte mich besucht, keiner hatte Frühstück gemacht. Vielleicht hat man mir auch was in den Whisky geschüttet, ein Schlafmittel oder so. Das würde meine Gedächtnislücke erklären.

Oder war es nur ein Traum?

Ich ging durch die Wohnung, schaute mir alles genauestens an. Es war alles wie ich es kannte, eine stinknormale zwei-Zimmer Wohnung mit keiner allzu hochwertigen Einrichtung.

Hals über Kopf zog ich mich an setzte mich ins Auto, fuhr schnurstracks zur Bank und zog meine Kontoauszüge. Auch hier keine größeren Abhebungen und das Guthaben, naja größere Sprünge konnte man damit nicht machen. Selbst das Auto das ich fuhr, keine Cabrio, nur ein fünfzehn Jahre alter Ford Mondeo.

Es muss doch ein Traum gewesen sein, ein Alptraum. Eine Illusion für etwas bestimmtes, das Wunschdenken einer Überzeugung, das Verlangen nach etwas, aber nur was?

Jeder Mensch hat seine eigenen psychologischen Aspekte seiner Persönlichkeit, die er zu verdrängen versucht, die ihn ab immer wieder in Form von Träumen oder sogar von Alptraumen einholen. Aber eigentlich habe ich, außer das ich meine Frau unheimlich vermisse, keine negativen Eigenschaften, die mein seelisches Gleichgewicht belasten. Oder?

Ich holte meinen Laptop aus dem Schrank, ließ ihn hochfahren und schaute mir an, was ich zuletzt getan hatte. Ich hatte mich mit einem Brief beschäftigt. Es war zu Lebzeiten der Wunsch meiner Frau, einen Brief von mir zu erhalten. Leider hatte ich es immer wieder verdrängt und nun kommen mir immer wieder ihr Worte in den Sinn: *Schreib mir doch mal eine Brief.*

Akribisch genau las ich mir die bisherigen Zeilen durch und fing an, ihn erstmal zu korrigieren. Dann setzte ich an und schrieb weiter. Immer wieder löschte ich Zeilen, da sie mir nicht eindrucksvoll genug erschienen.

Es vergingen Tage, bis ich der Meinung war, dass er das widergeben würde, was ich fühlte. Auf rotem Papier mit blauer Tinte hatte ich ihn geschrieben und war dabei, ihn zusammen zu falten, als ich die Stimme meiner Frau in meinen Gedanken hörte:

»Das hat aber lange genug gedauert.«

»Entschuldigung, aber du weißt, dass ich nicht der Mensch bin, der sowas schreiben kann.«

»Sich zu entschuldigen ist ein Zeichen von Schwäche.«

»Ha, ha, ha.«

»Lies ihn mir doch mal vor.«

»Hm …, na gut.«

Ich falte ihn wieder auseinander und begann:

Mein süßer kleiner Engel,

In kürzester Zeit wurdest du zu meinem Wegbegleiter, zu meiner Seelenverwandten. Du hattest dich damals vorsichtig und unaufdringlich in mein Leben geschlichen. Wir verstanden uns auf Anhieb, haben uns immer öfters die Nächte um die Ohren geschlagen. Uns Dinge erzählt, die wichtig, unwichtig, lustig und auch ernst waren, manchmal schon kindisch. Und mir wurde klar, dass das Licht in uns, Glück und Liebe zum Leben erweckten wird.

Es war schön, wie sich zwei Körper und zwei Seelen miteinander verschmolzen; wie Zuneigung, Vertrauen, Treue, Respekt, Toleranz, Leidenschaft, Anteilnahme, Verantwortung, Verständnis, Bewunderung, Gewohnheit, gemeinsame Interessen und Ziele sich verbanden; wenn das warten auf den Geliebten zu einer Mutprobe wird und das Herz damit zeigt, dass er ein wichtiger Teil des Lebens geworden ist.

Ich kann meine Liebe zu dir nicht in Worte fassen. Es muss dein Lächeln gewesen sein, dass immer wieder Sonne in mein Herz zauberte; dein Blick, der mir zeigte, dass du mich liebtest; die Gesten, die Willkommen und Vertrautheit ausdrückten; die Hand auf meiner Schulter, die mir zeigte, dass ich nicht alleine war; die gesprochenen Wörter, liebevoll und doch voller Ehrlichkeit; auch mal zu schweigen, vereint mit dem Wissen, das Worte in manchen Momenten überflüssig sind.

Es waren die Momente die sagten wie sehr ich dich liebe, wie unfassbar glücklich du mich machtest und dass ich dich nie wieder hergeben möchte. Worte wie Liebe, Vertrauen und Glück kommen nicht annähernd daran, was ich für dich empfand, wenn du vor mir standst und mich in die Arme nahmst.

Ich fühlte mich so wohl in deiner Gegenwart, wie schon lange nicht mehr. Wie konnte ich nur so lange ohne Dich existieren, ohne deine Nähe und Wärme, die mir so gut tat. Ich wünschte mir von ganzen Herzen, dass es immer so bliebe.

Nichts sollte es schaffen, dass Band zu durchtrennen, welches unsere Herzen verbunden hatte. Und wenn es doch einmal jemand versuchen sollte, dann hätte ich es mit allen Mitteln verhindert.

Leider ist jetzt alles anders gekommen. Der schöne Traum ist beendet, das Glück hat mich verlassen, eine endlose Zeit ohne dich hat begonnen. Gedanken quälen mich, hilflos da zu sitzen und nach dir zu greifen. Doch alles was ich tun kann, ist an dich zu denken und zu hoffen, dass du meine Gedanken verstehst.

Ich werde meinen Blick weiterhin zurück werfen und Resümee der Vergangenheit ziehen, darüber nachdenken, welche Vorhaben und Ziele wir uns vorgenommen hatten.

Leb wohl mein Schatz, ich liebe dich!

»Du hast nasse Augen,« hörte ich gedanklich die Worte meiner Frau sagen.

»Ja, weil ich traurig bin.«

»Das musst du nicht sein. Du weißt doch, ich bin immer in deiner Nähe.«

»Ich weiß, aber ich hätte dich lieber präsent. So ich muss nun los, dir den Brief bringen.«

Abermals faltete ich den Brief zusammen und setzte ihn in einen Kuvert. Dann fuhr ich zum Friedhof. Unterwegs hielt ich noch an einem Blumenladen an, kaufte eine Strelitzie mit fünf orangefarbigen Rosen, welche jeden ihrer fünf Sinne ansprechen sollte.

Eine für den guten Geschmack, der mich immer wieder beflügelte; eine für ihre wunderschönen Augen, die jeden Tag von neuem erstrahlten; eine für den Tastsinn, der immer wieder meine Sinne berührte; eine für den Geruch, den ihr Lieblingsparfüm in jedem Raum hinterließ; sowie eine für das Gehör, dass sie mir schenkte, wenn ich es brauchte.

Die Strelitzie steht für Farbenpracht und Exotik, sowie für Einzigartigkeit, so wie sie es für mich war. Das Verschenken solch einer Blume, ist mit einem großen Kompliment verbunden.

Nachdem ich die Blumen in eine Vase verbracht hatte, fing ich an zu graben. Der Brief sollte nicht oberflächlich liegen, nicht für jeden greifbar sein. Es ist eine persönliche Mitteilung, nur für einen Menschen bestimmt und je tiefer ich ihn vergrabe, umso näher ist er bei ihr. Anschließend begradigte ich die Fläche wieder und fuhr nach Hause.

Während der Fahrt hörte ich wieder ihre Stimme. Sie sagte nicht viel nur:

»Danke!«